종귀

이승찬

1

세미콜론

아후, 겨울도 다 갔는데
엄청 춥구마잉.

평일이라 사람도
얼마 없는 것이 한적하고
좋네.

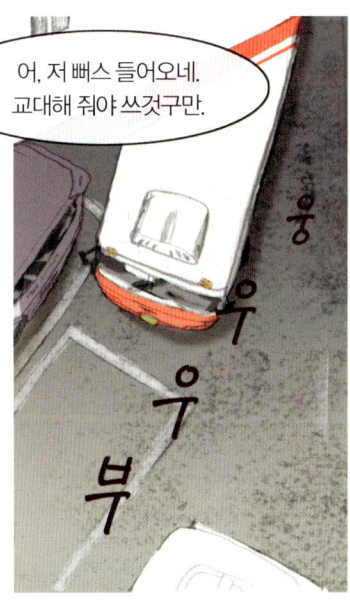

어, 저 뻐스 들어오네.
교대해 줘야 쓰것구만.

우웅

우

우

부

끼 - 익

칙~

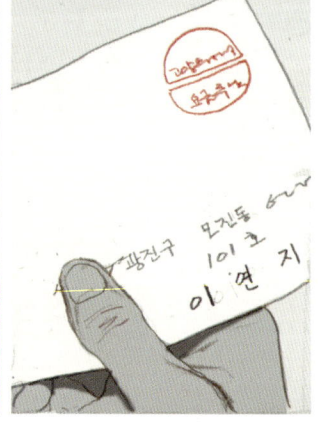

터벅

터벅

…

스

윽

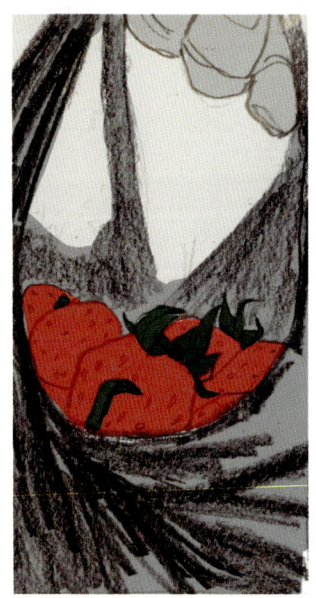

뚜벅

뚜벅

뚜벅

뚜벅

아직 여기
살고 있었구나.

뚜벅

뚜벅

집이 좀 후져도
집세가 싸니까.

하긴…

왜 왔어?

그 동안 니 전화 일부러 안 받은거야.

왜 오긴…

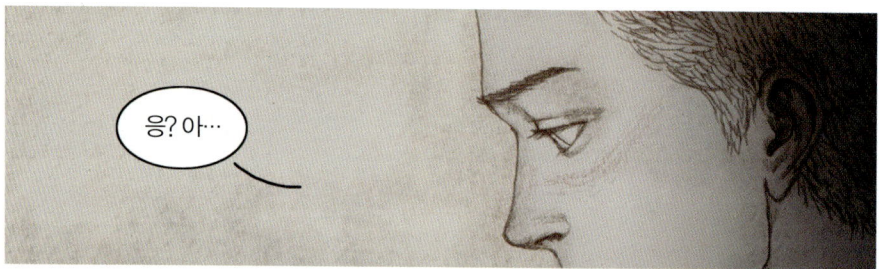

응? 아…

아는데 온거야?

…

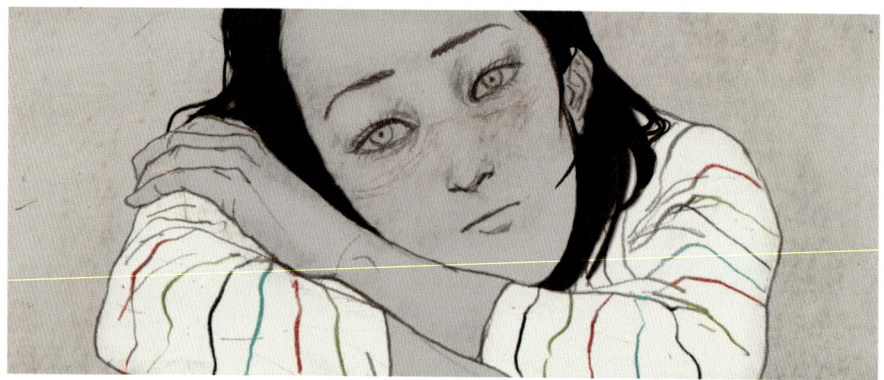

에이, 됐어요.

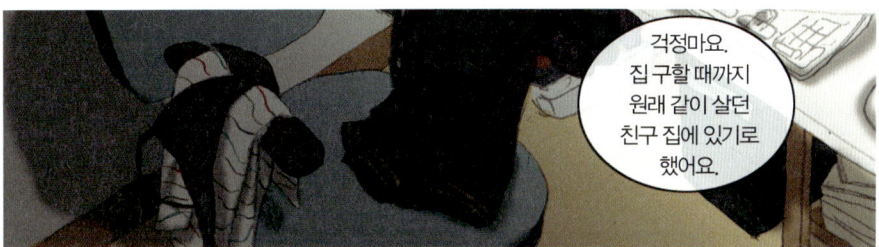

걱정마요.
집 구할 때까지
원래 같이 살던
친구 집에 있기로
했어요.

예, 예. 용민이요.

예?

연지요?

잘있죠….

됐어.
엄마는 왜 자꾸
그런 걸 물어?

탁

쪼르르

너희 어머니가
나 잘 있냐셔?

응, 그러시네.

하, 그래?

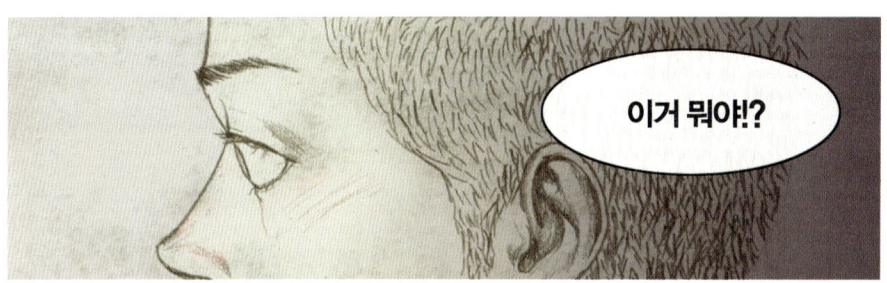

1.

어이쿠—

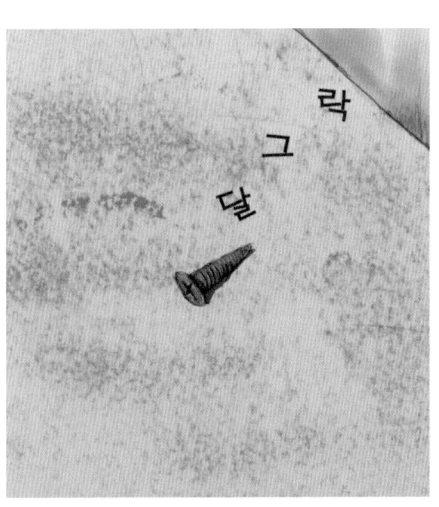

락
그
달

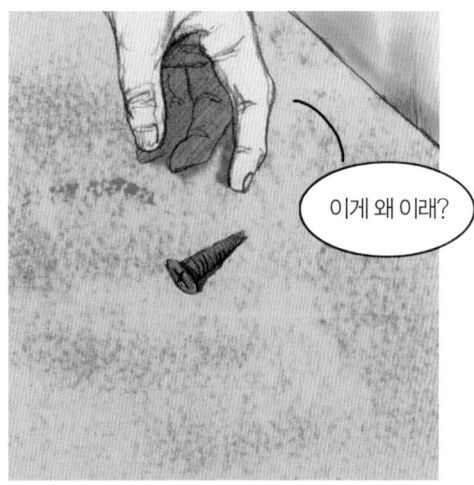

이게 왜 이래?

위이이이

아저씨.
이, 피쓰못이 원래
창문에 안 박히는거
아닌가요?

아 이게
왜 안 박혀?
박히지!

박혀요?

위이이이잉

그럼! 박히지!
박힌다구!!

후우

박혔다. 박혔어!!

옳지!!

hp psc 2405

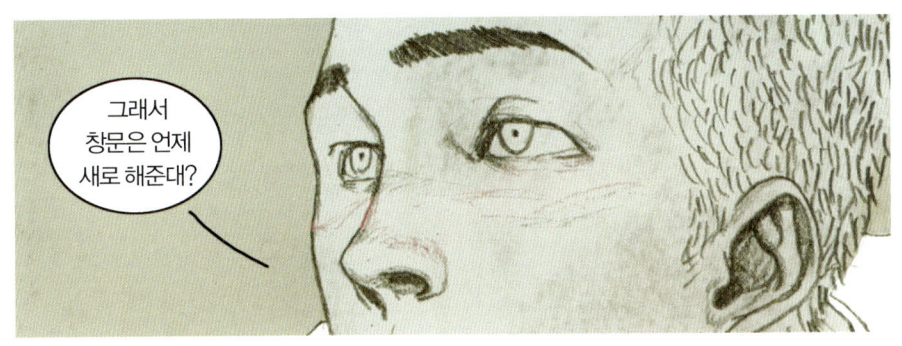

그래서 창문은 언제 새로 해준대?

집주인 아주머니가 한 일주일 걸린다고 일단 아저씨가 해준대로 임시로 저렇게 해놓고 있으래.

야, 이 집 위험하다. 불안해서 살겠냐?

이 집이 딴 건 그래도 괜찮은데 복도 첫 집이라 여기 사는 사람들이 전부 이 앞으로 지나다녀서 좀 불편하긴 해.

휴, 근데 이 집이 통로 쪽이라 싼 것도 있는 거라서… 일년만 더 살고 졸업하면 이사가야지.

29

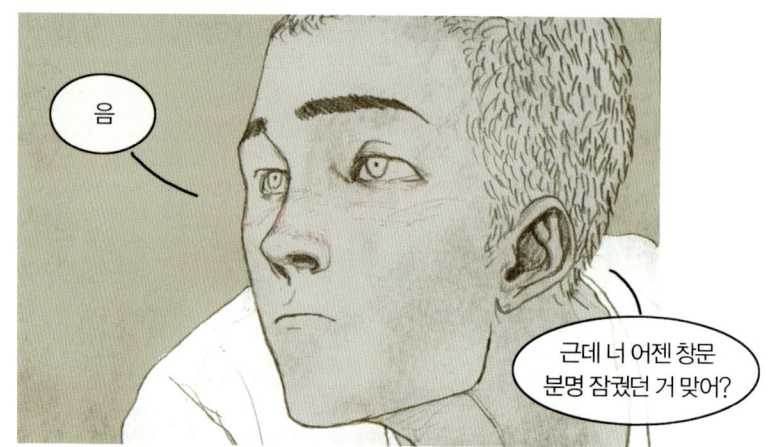

분명히 기억해.

그럼 창문을
빼간건가?

안을 볼려고
열다가 안 열리니까
빼 간거 같애.

그게 잠겨 있는데 빠져?

좀 허술해.

위험해…

너 오늘 용민이랑 약속있다며?

어, 학교 애들 오늘 예비대학 때문에 모였다가 끝나고 한 잔 한다는데, 너도 가야지?

됐어. 4학년이 그런데 가서 뭐하니?

청소나 할래.

군 생활은 잘 하셨어요?

예? 아…

야 김성진 너 어디에 있었지?

아, 22사단요. 강원도 고성.

너 본부중대였지 않았어? 존나 편했겠네, 완전 개꿀 빨았구만.

본부중대가 편한데에요?

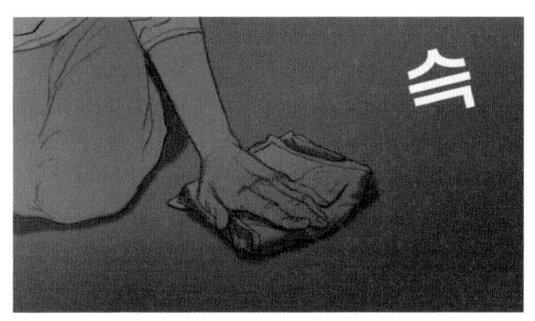

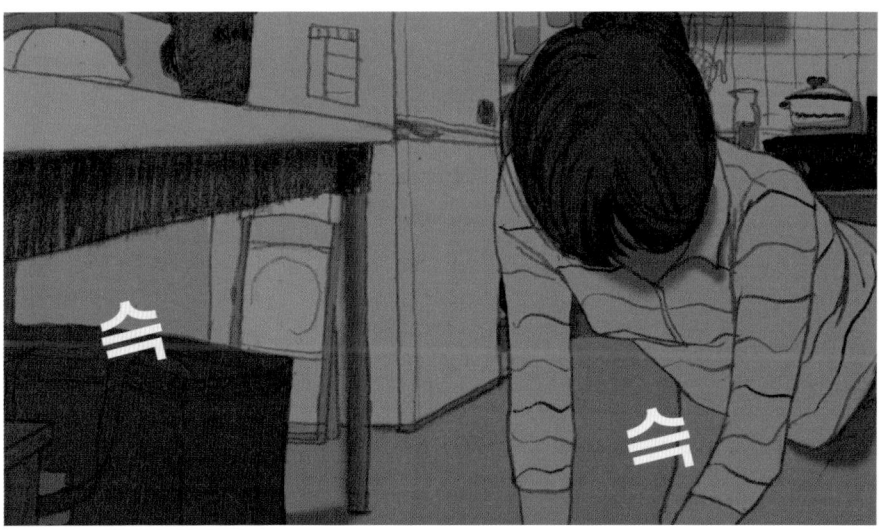

너 근데 지금
어디서 지내냐?

응?

大

혹시 연지 누나네 있냐?

아, 그래?

연지 누나
대단하다.
그래도 2년을
기다려 줬네.

아니, 그게
꼭 그럴지도
않아.

?

마지막에 사이가
좀 안좋았어. 전화해도
받지도 않고···.

에휴, 군대가면
다 그렇지 뭐.
신경쓰지마.

연지 누나도
너보다 나이도 많고
하니까 부담됐겠지.

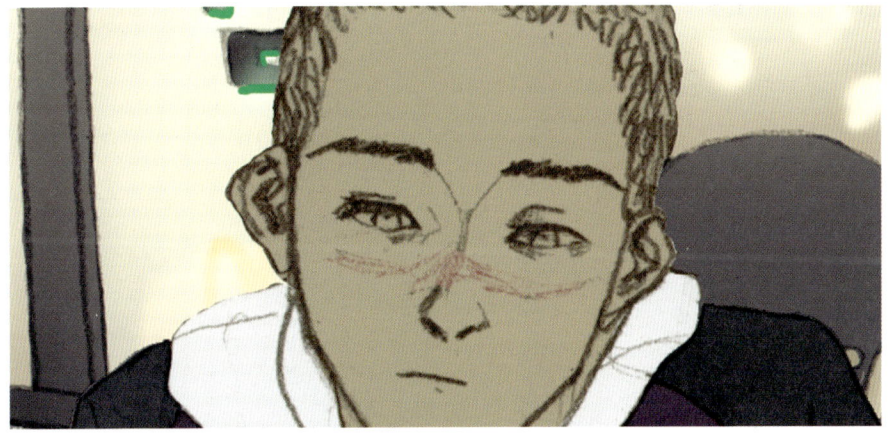

윙-

여보세요?

뭐해?

응, 생각보다
일찍 끝났어.

밥이나 먹자.
나와, 맛있는거
사줄께.

응.

터벅

터벅

터벅

터벅

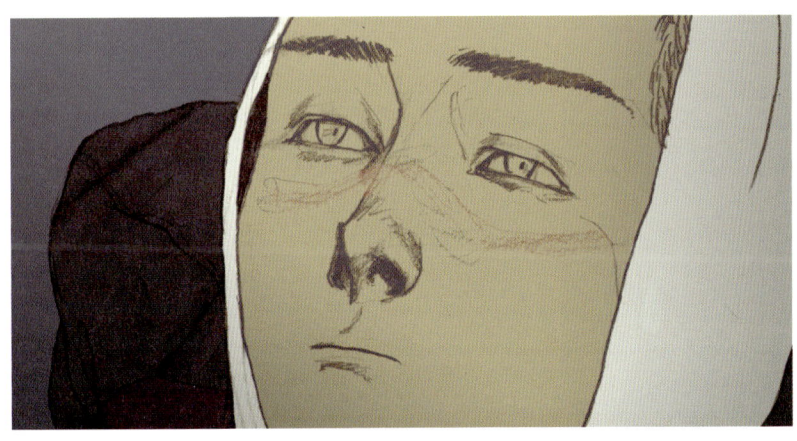

아···

아무래도 누가 훔쳐 본거겠지?

그 창문?

뽀르르

음… 그렇겠지?

하, 어떤 미친 새끼지?

근데, 내가 애들한테 들은 건데,

자취하는 애들한테는 흔한 일인가봐.

그래?

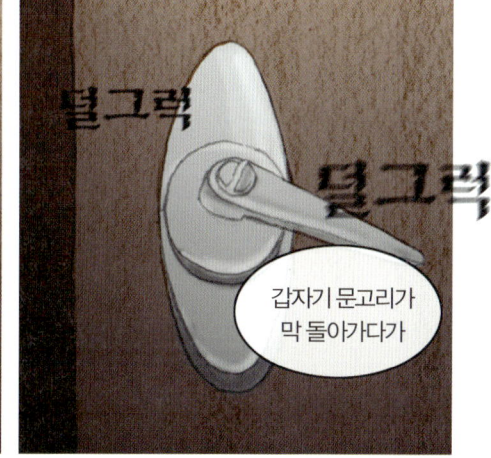

뭐!?

진짜야, 오줌 싸고 도망갔대.

허허, 대박인데.

여튼 무섭다니까 여자 혼자 살면.

수정이 말고도 다른 애들 중에 비슷한 일을 겪은 애들이 몇 있대.

나 참, 완전 개판이구만.

대학가라 여대생 노리는 변태가 많은가봐.

you play me~ ♪ ~you know me

i never get tired listening to your~ ♫

딸랑~

하하하 정말!?

그렇다니까.
그 선배는 진짜
여기저기 껄떡대는거
장난 없어.

sweet~ music~ ♫

야, 아무리
그래도 그렇지.
나이 어린 후배한테
추하다 추해.

그니까 내 말이.

말보로 한 갑만
주세요.

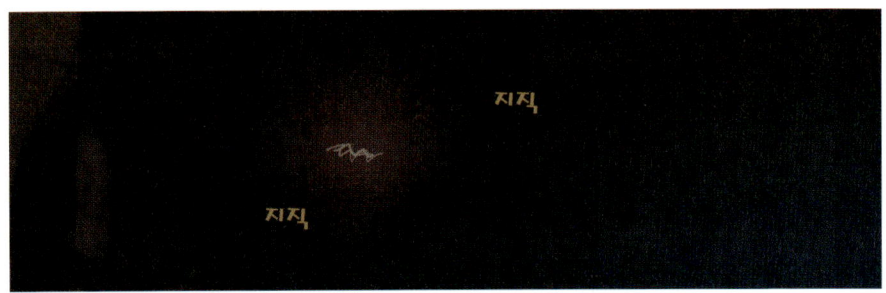

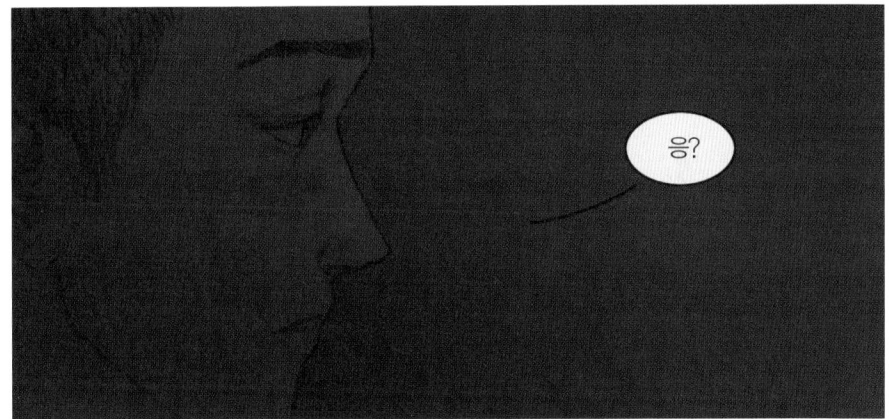

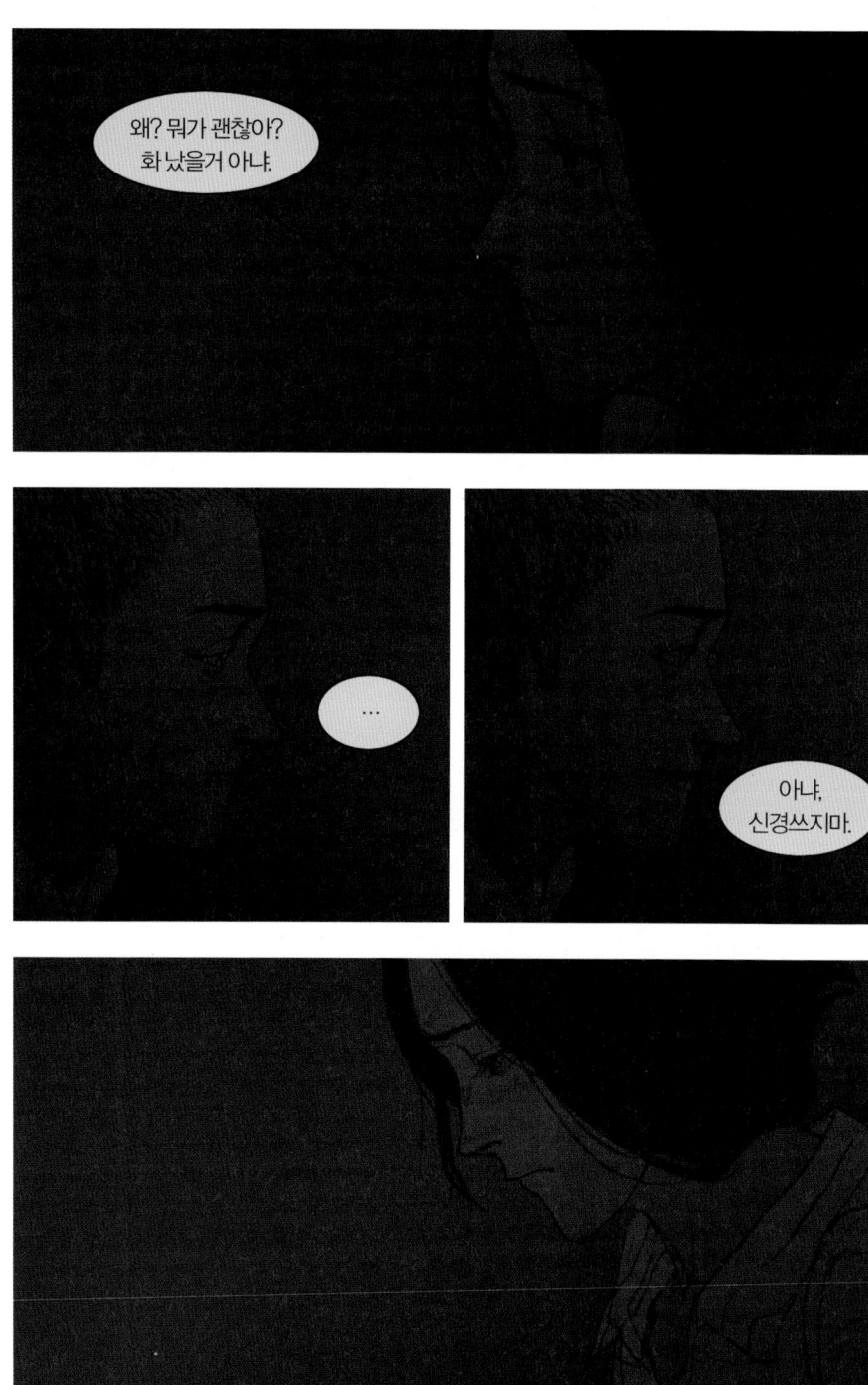

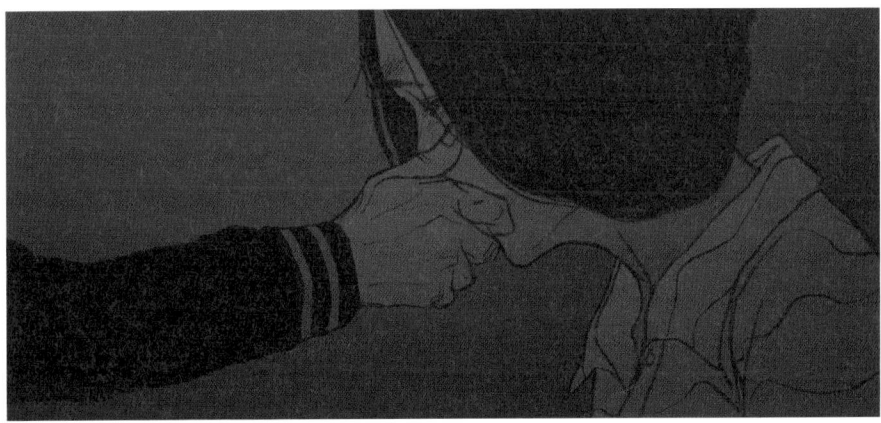

고마워….

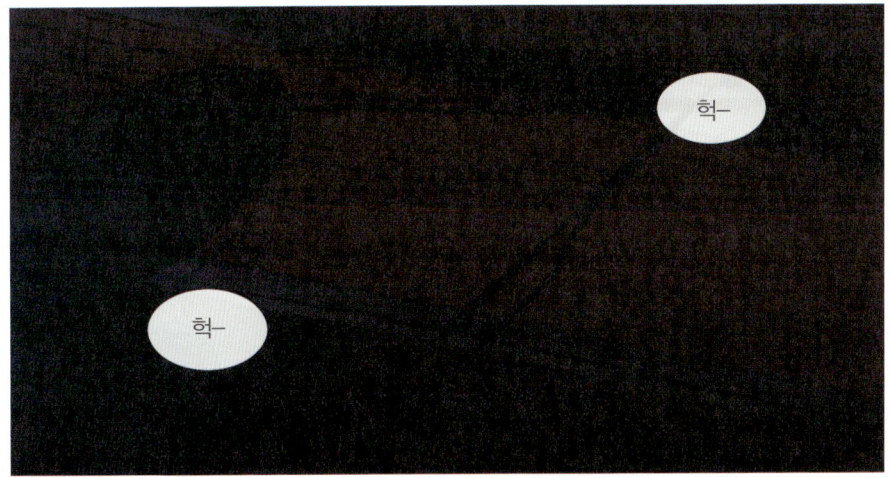

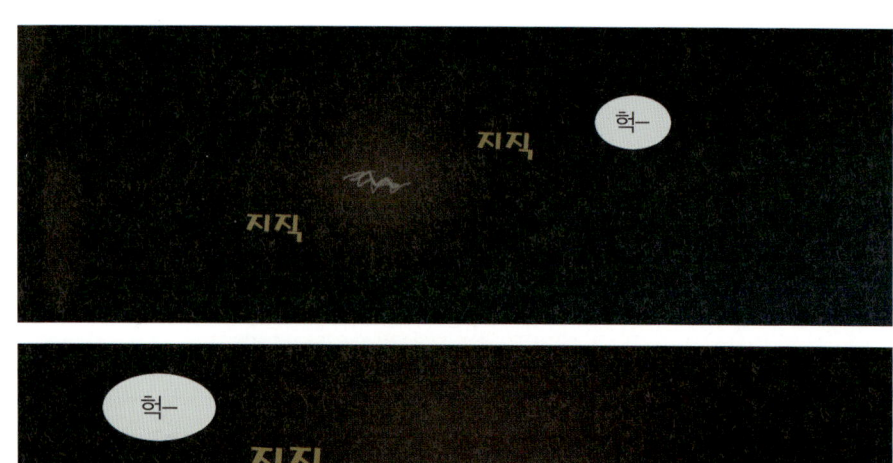

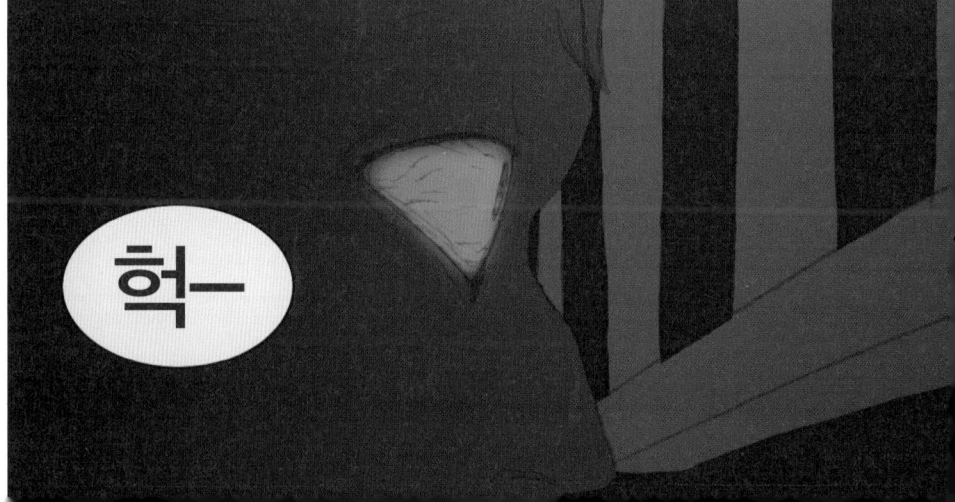

2.

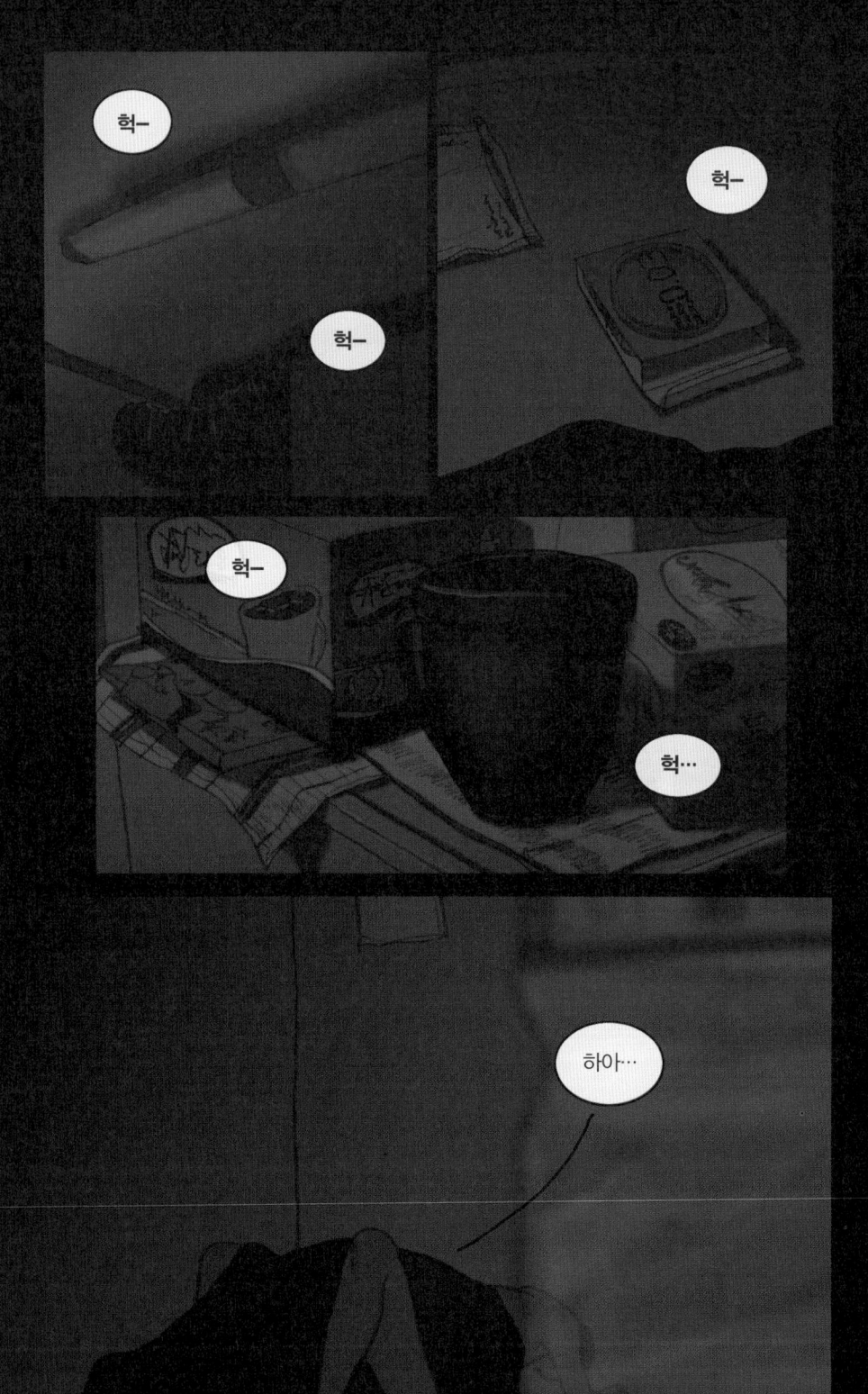

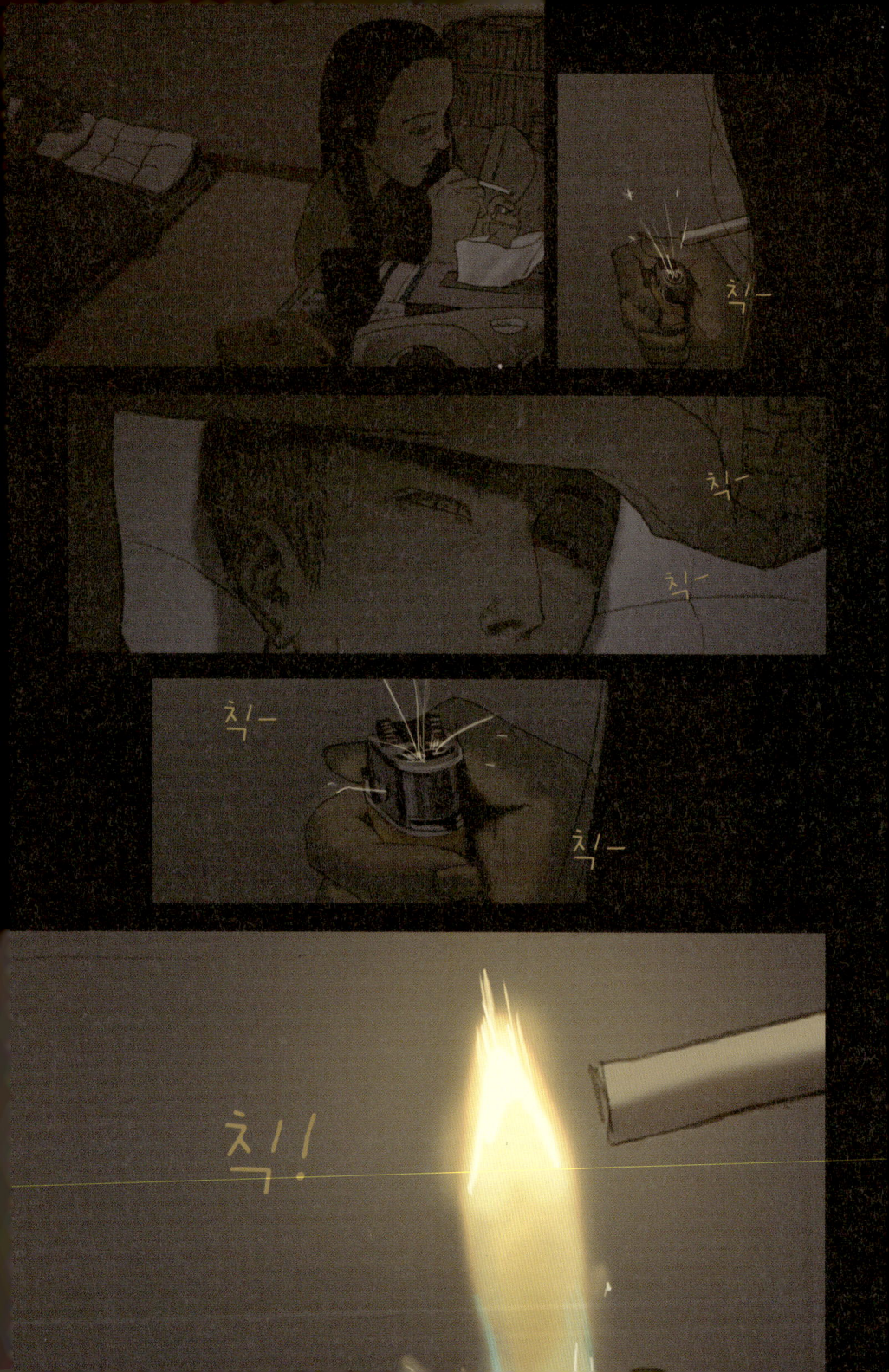

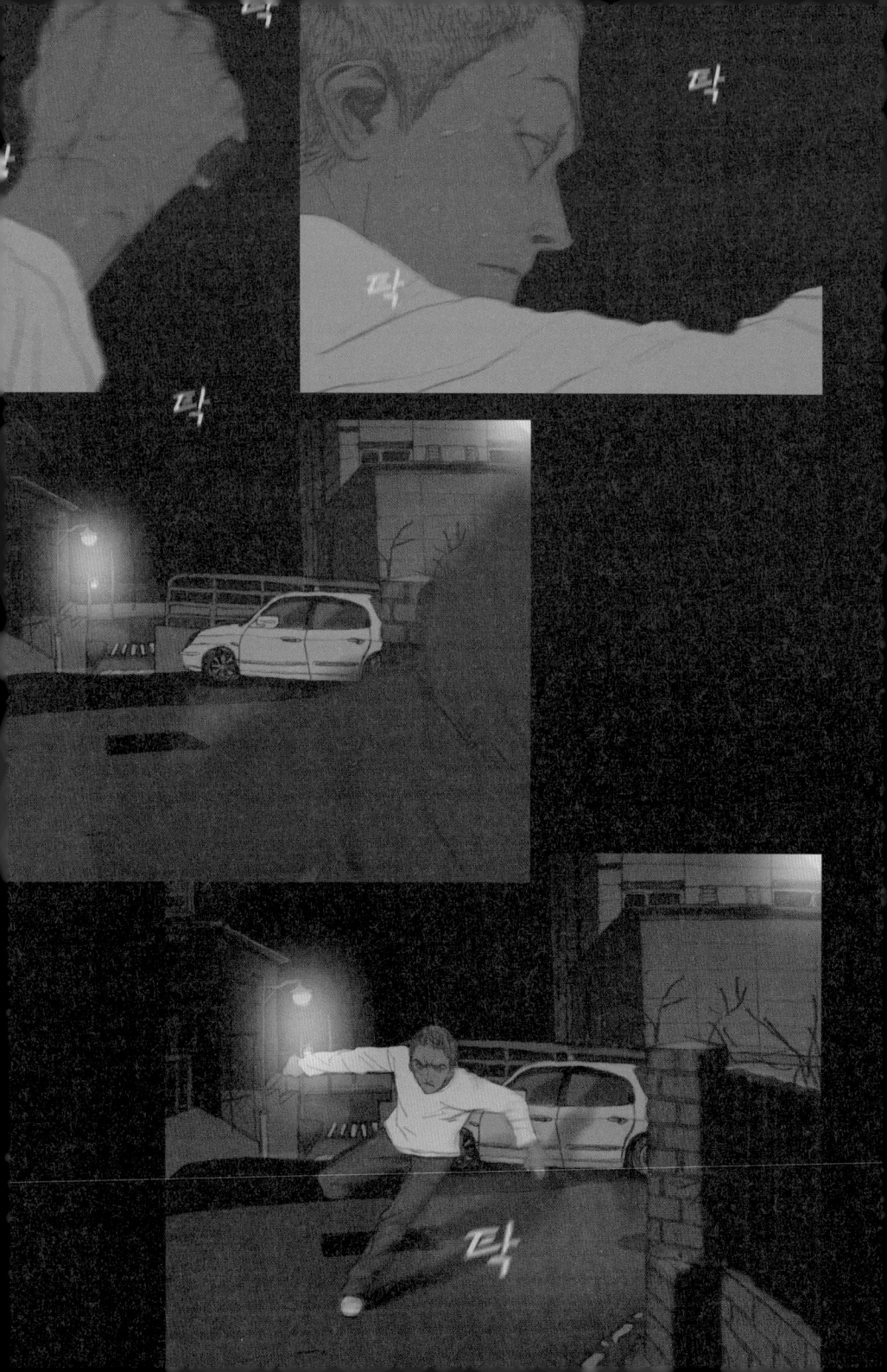

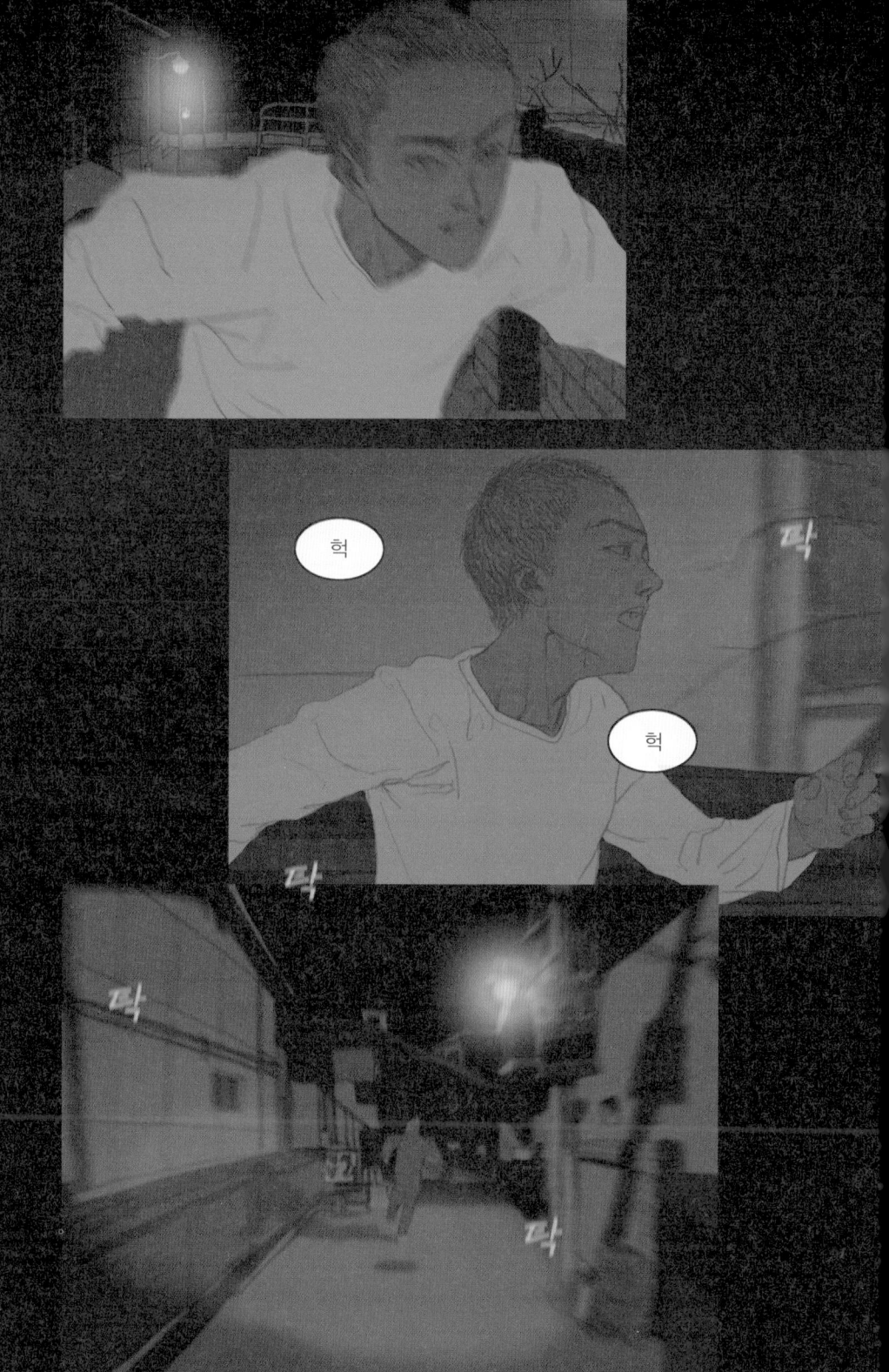

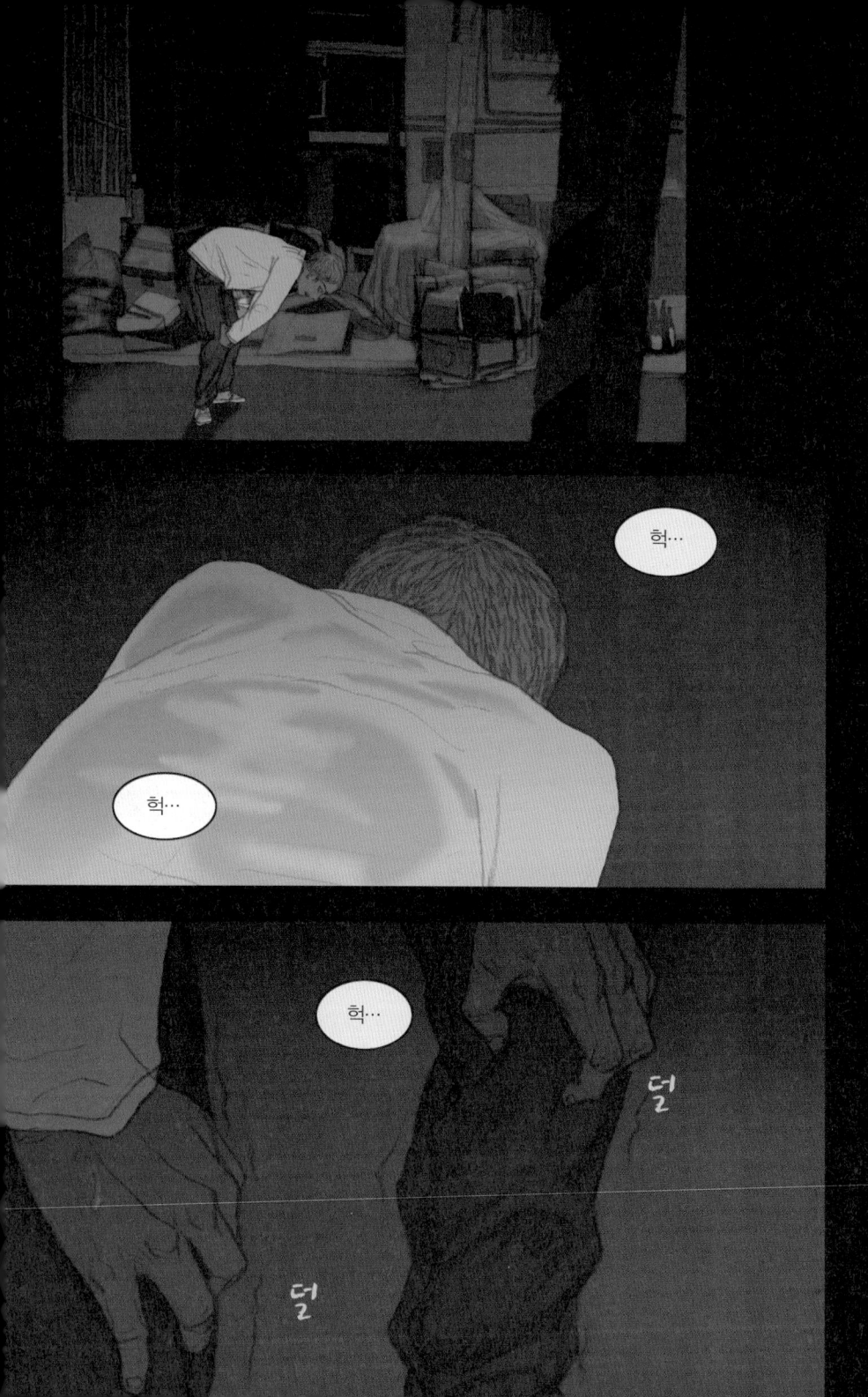

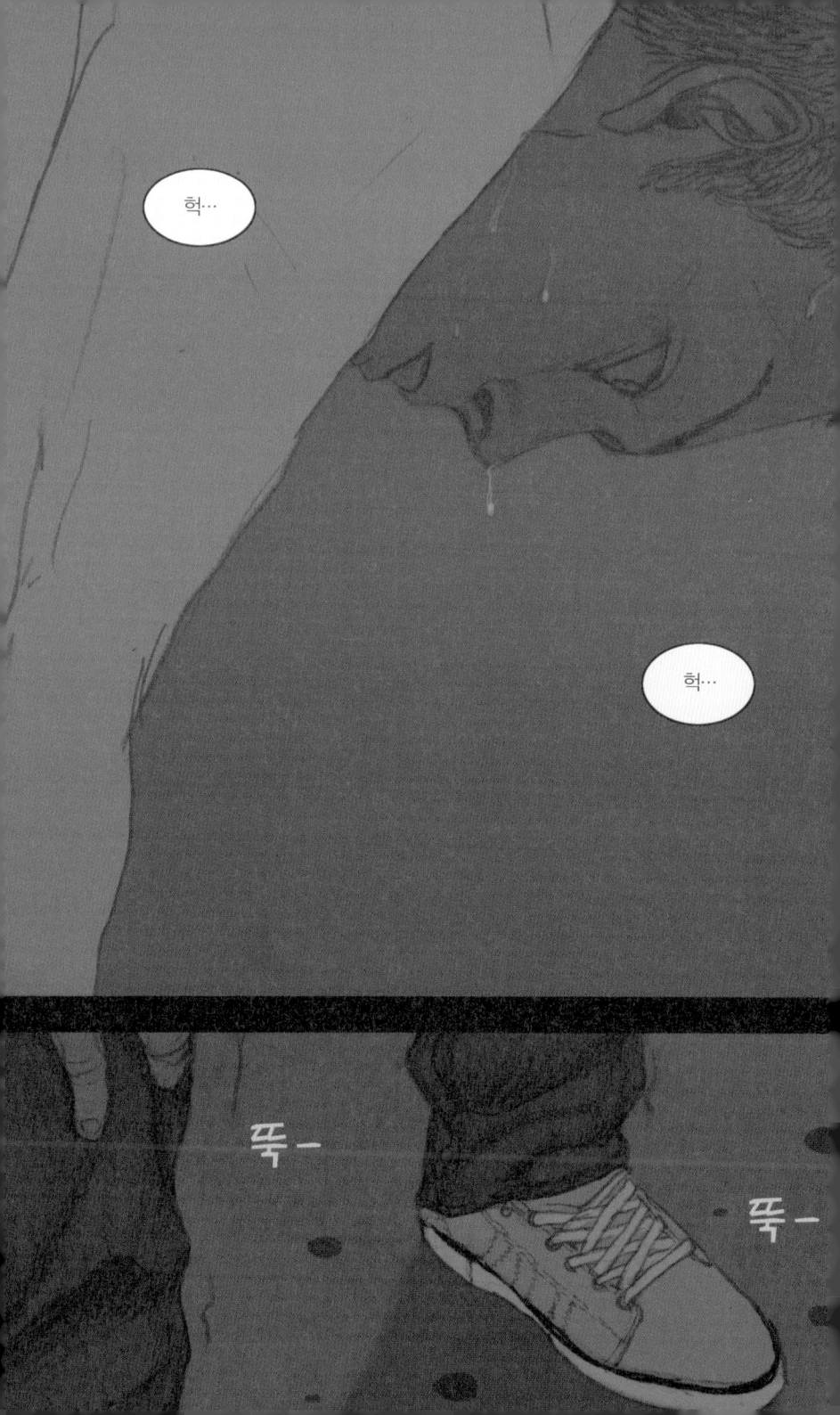

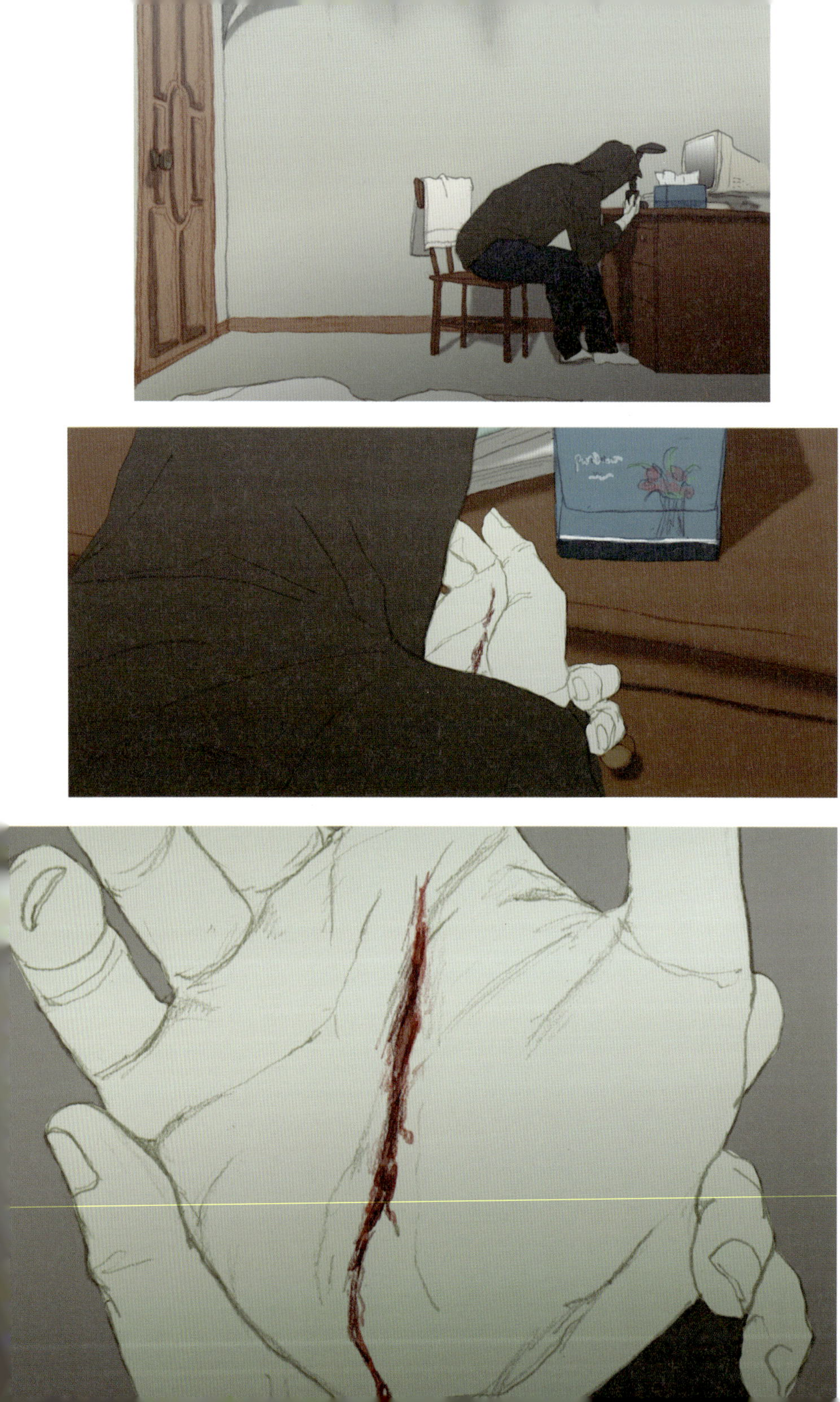

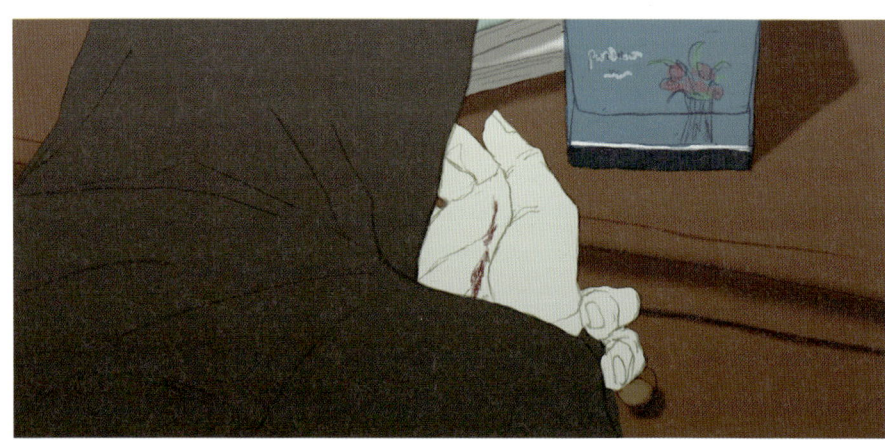

3.

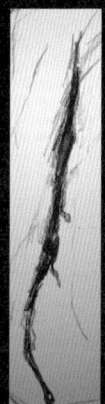

예, 제가 가까이 가서
눈을 마주치니까

꼬챙이로 막 쑤시면서
저를 위협했어요.

어머어머, 그러니까
이걸로 학생을 찔렀단
말이지?

어머, 이게
왠일이야.

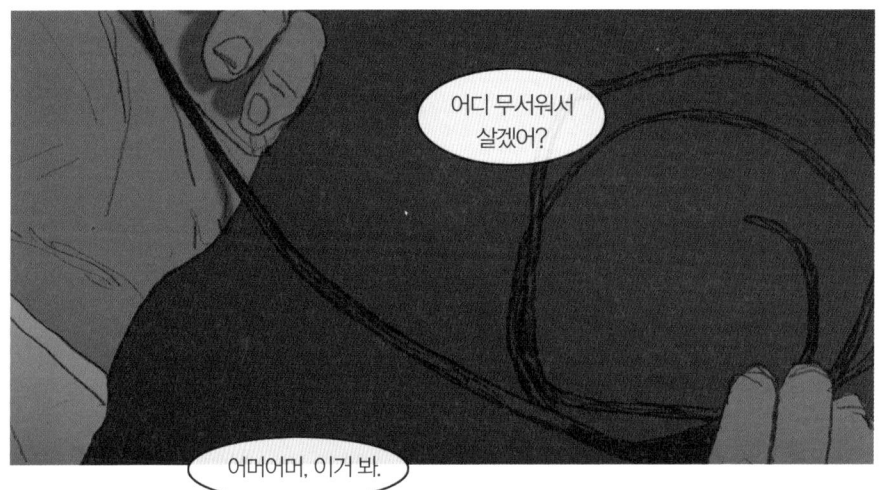

아저씨,
이거 지문 찾아 보면
되겠다.

아, 예. 일단 저희가
당분간 새벽 시간에
이 쪽 부근 순찰을 좀 더
강화할테니까요.

뭐, 학생이 다쳤다든지
그 놈이 뭘 가져갔다던지
직접적인 피해를 입은게
아니니까.

학생은,
남자친구야?

예.

아, 그래?

이 부근에서
여대생을 노린 이런 일들이
많이 일어난다고.

뭐 조치를 취해
주실 수 있는 건
없나요?

아, 저희가 순찰을
강화할테니까요.

아, 순찰요.

혹시 붙잡아도
이 정도 가지고
처벌이라든지
그런건…

힘들지.

그래, 그냥 훔쳐본거
가지곤 힘들겠지.

락

차

…

커튼은 쳐져
있었을거 아냐?

어, 그런데 저 바깥
방충망으로 꼬챙이를 집어넣어서
커튼을 들춘거 같애.

어, 그 왜…

남자애들 4~5명
무리지어 다니면 그 중에 꼭
한 명은 껴 있을 것 같은

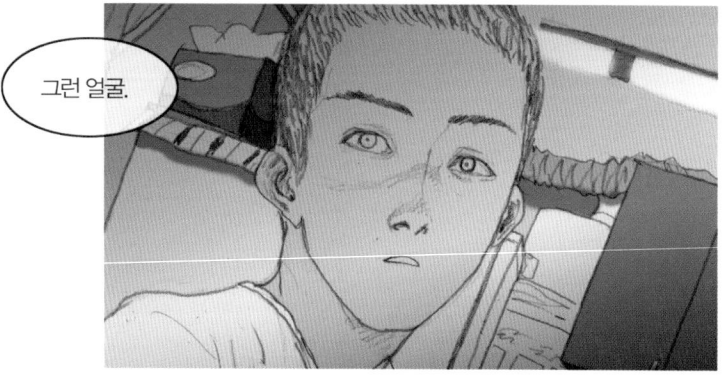

그런 얼굴.

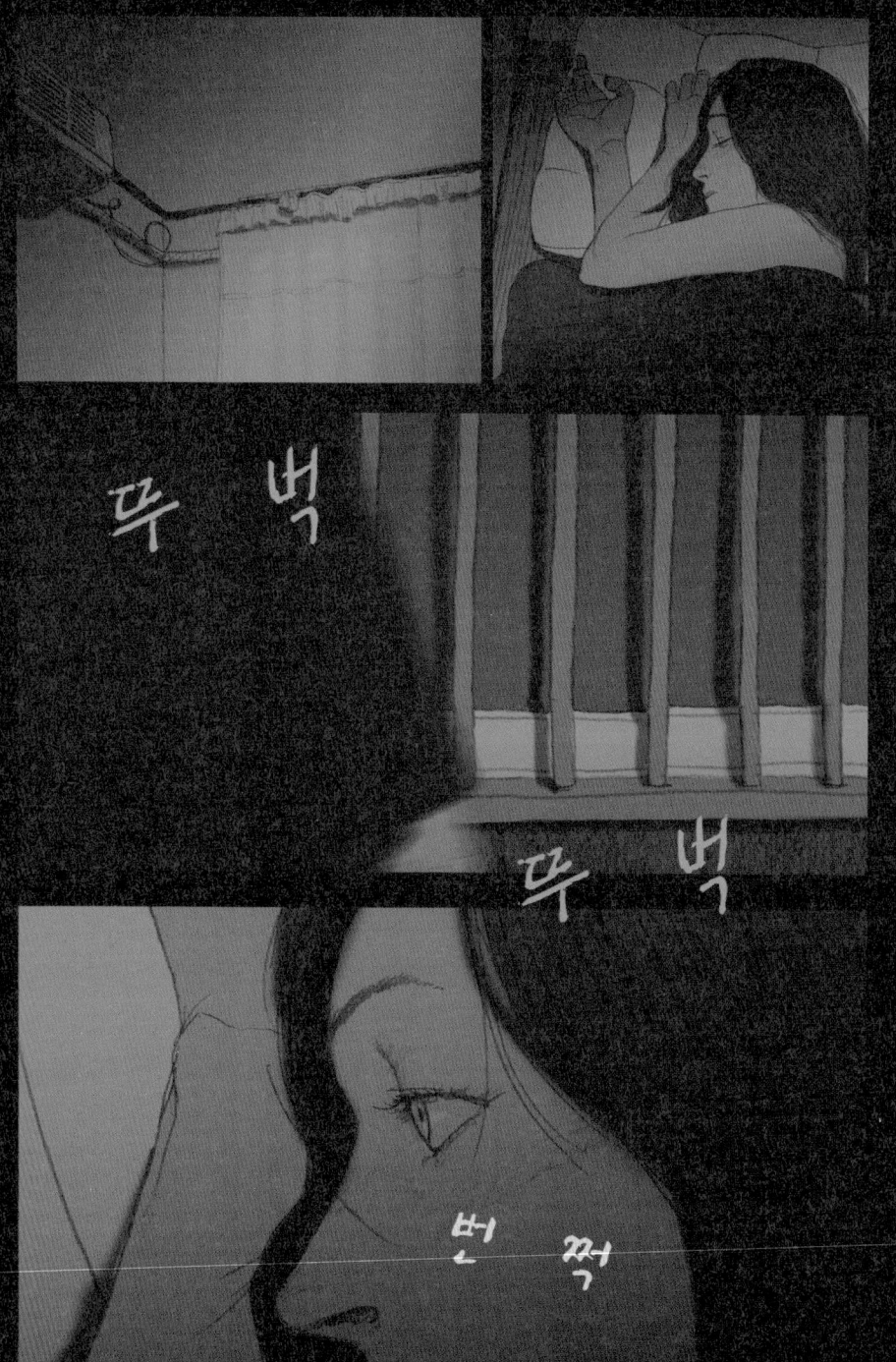

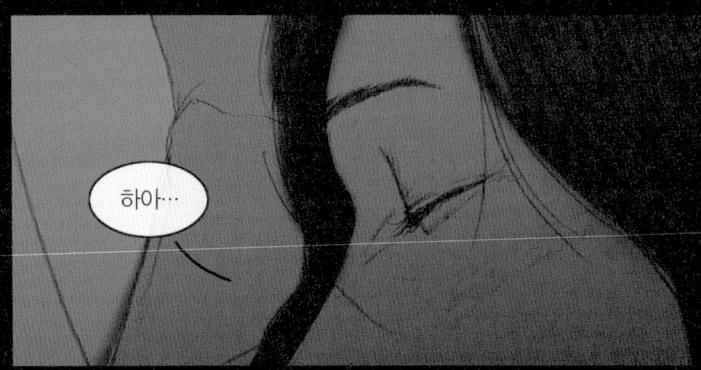

하아…

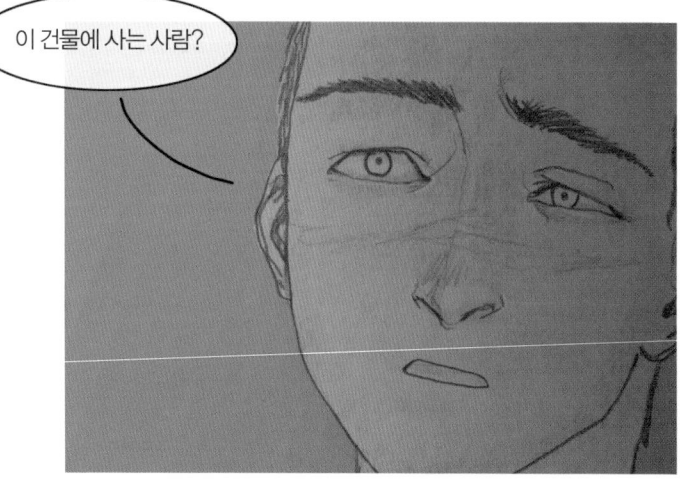

어, 사실 나 어제
가슴이 진정이 안돼서
계속 못 잤거든.

그런데?

새벽 5시 다 돼서
누가 위로 올라가는
발소리가 들리더라고.

에이, 그냥 위에 사는
사람이겠지.

아니, 근데 2층으로
올라가더니 어떤 집 문을
계속 두드리는데,

그 집에서 문을
안 열어 주는거야.

그러니까 나중엔 막
발로 문을 차고

그러던데.

근데, 그렇게 해도….

그리고 너는!

그동안 사람들 얼굴을 확인해.

아, 그런 일이 있었어요?

자기야. 우리 어제 새벽에 여자 비명 소리 같은 것 듣고 잠깐 깼었잖아.

그 땐가 보다.

아… 예, 감사합니다.

덜컹

아니야.

훨씬 어려.

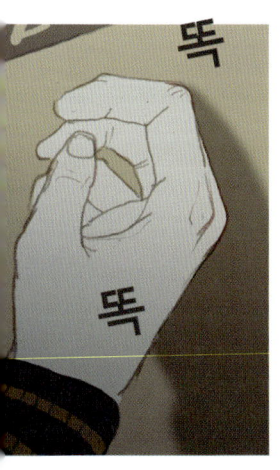

똑

똑

쩝

쩝

아뇨, 모르겠어요.

근게 그 101호 학생이 사는 집이 통로에 있는 집이라서…

저도 여기 산지 이제 1년 넘어가는데,

여름엔 항상 창문 열어놓고 그러셨잖아요.

그래서 저번에 저랑 같이 사는 친구도 술 취해서 안이 다 보이니까 장난도 좀 치고 그랬잖아요.

물론 제가 그 후에 사과를 드리긴 했지만…

그 집이 좀 위험한 거 같아요.

아뇨.

모르겠는데요.

아이구, 난 새벽에
일 마치고 좀 전에
들어와서…

하암~

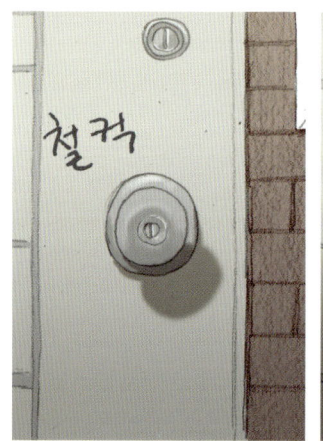

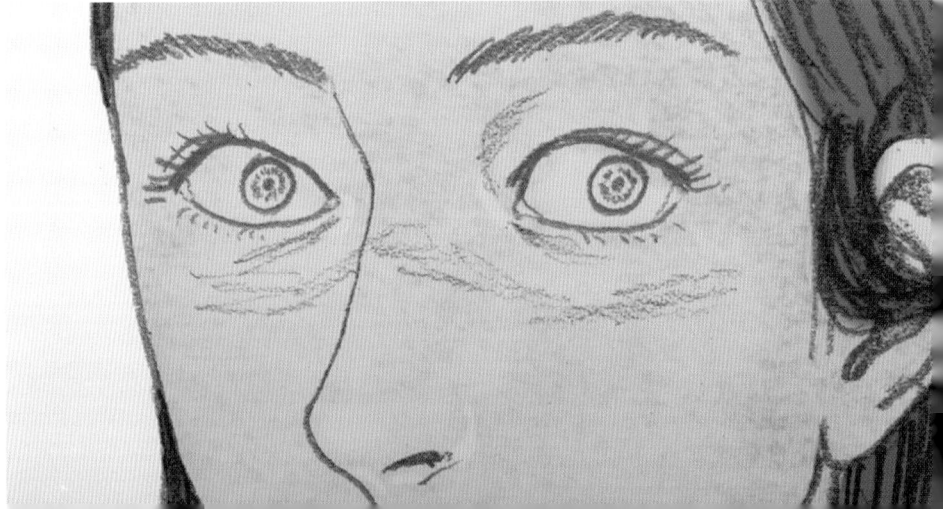

힐끔

훽

글쎄요.
잘 모르겠는데….

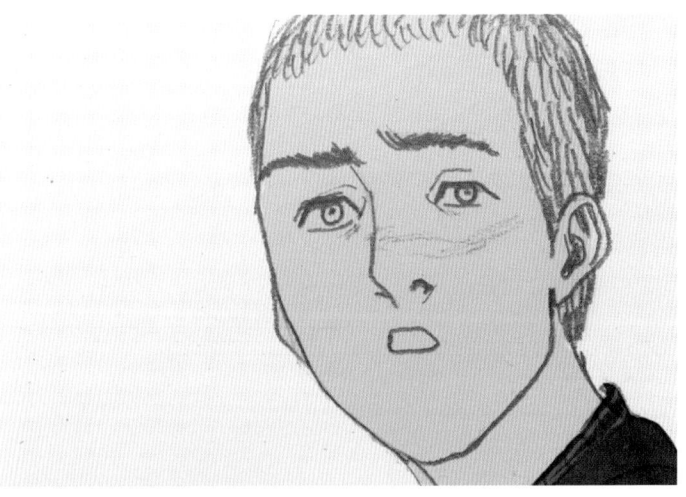

왜?
맞는거 같아?

어, 느낌은
비슷한데…

하아

잘 모르겠어?

어, 사실…
잘 기억이 안나.

터벅

터벅

여기 옥탑도 있어?

어, 한집.

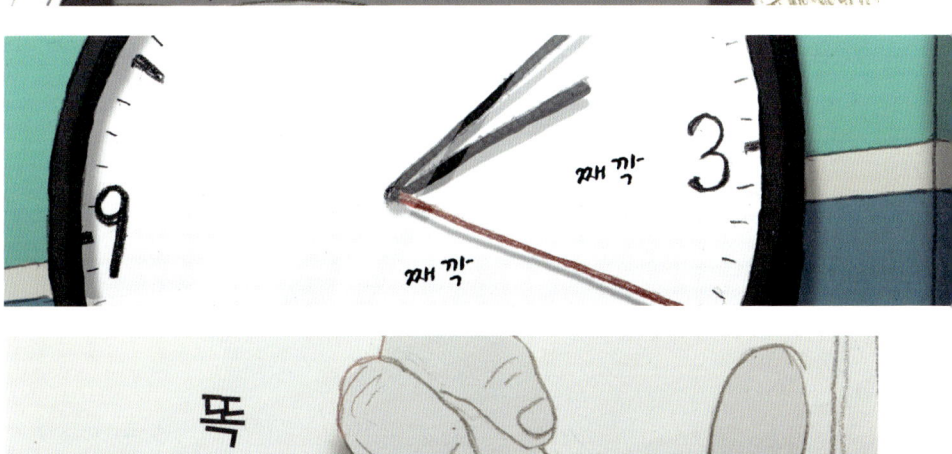

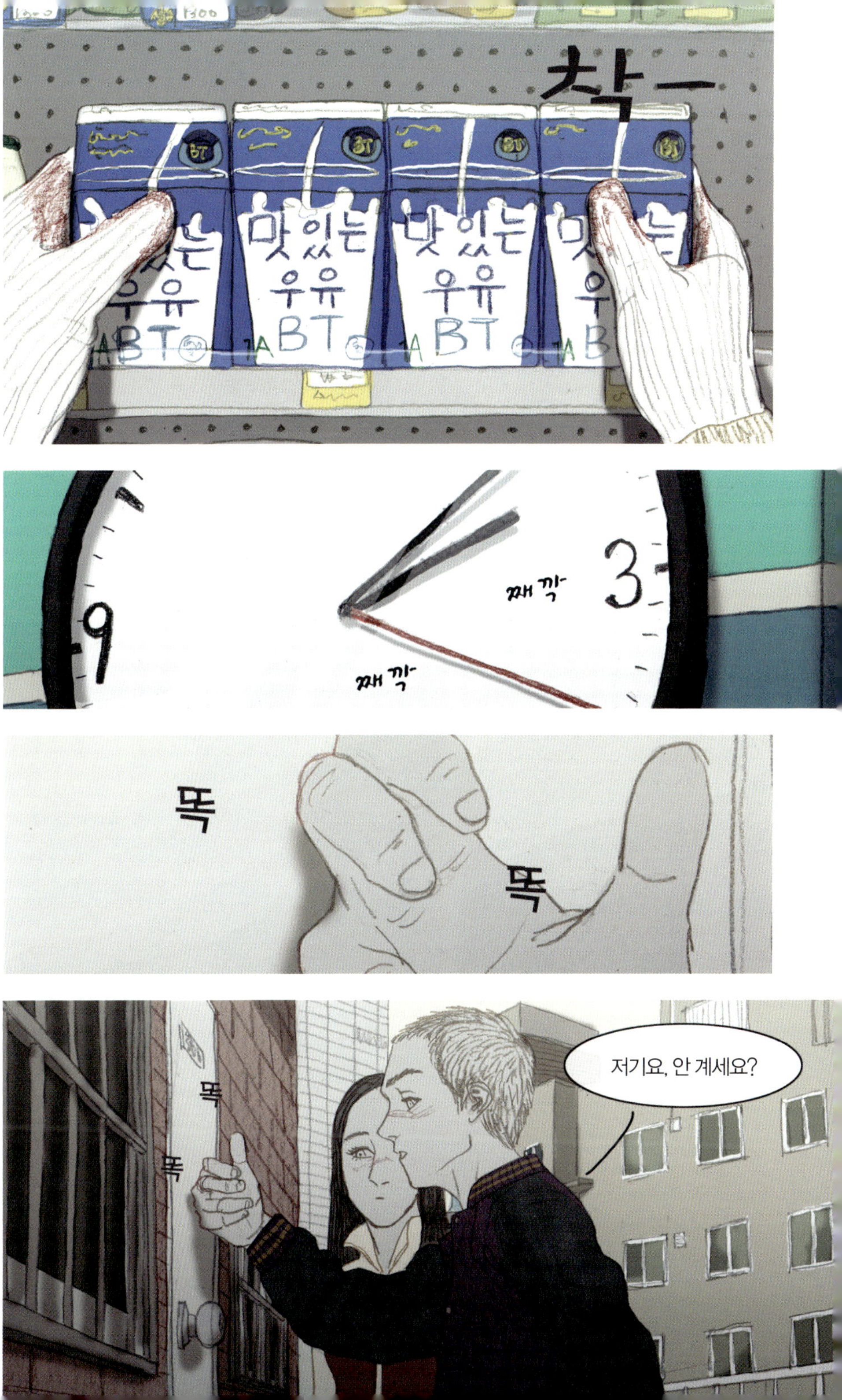

말해요.

아니 문 좀 잠시만.

그냥 말해요.

아… 예, 다름이 아니라.

혹시 어젯밤에 이 근처에서 수상한 사람을 못 보셨나 해서요.

어젯밤, 저희 집에 이상한 사람이 왔다가서요.

...

몰라요.

아, 못 보셨어요?

그럼 혹시…

…

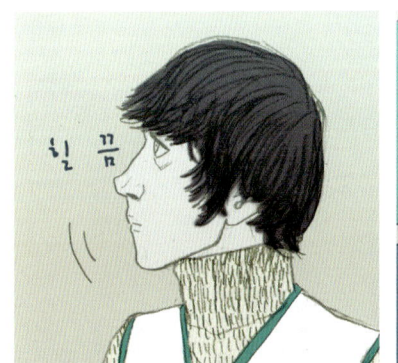

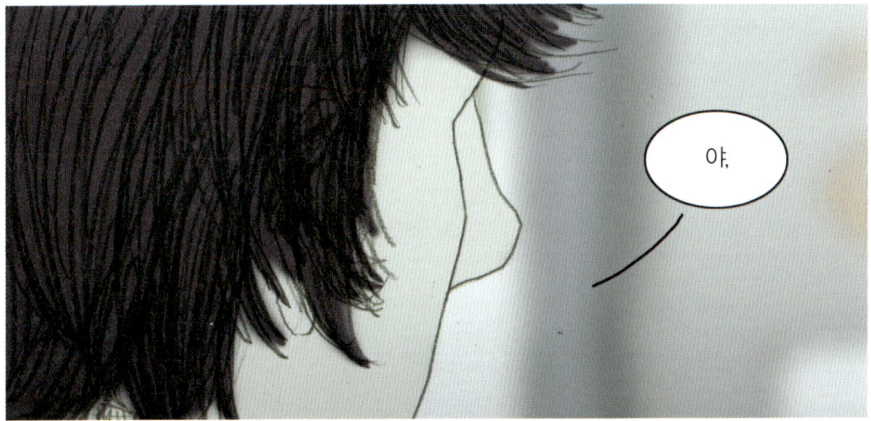

야,

예?

…

째깍

째깍

저벅

저벅

저벅

저벅

저벅

저벅

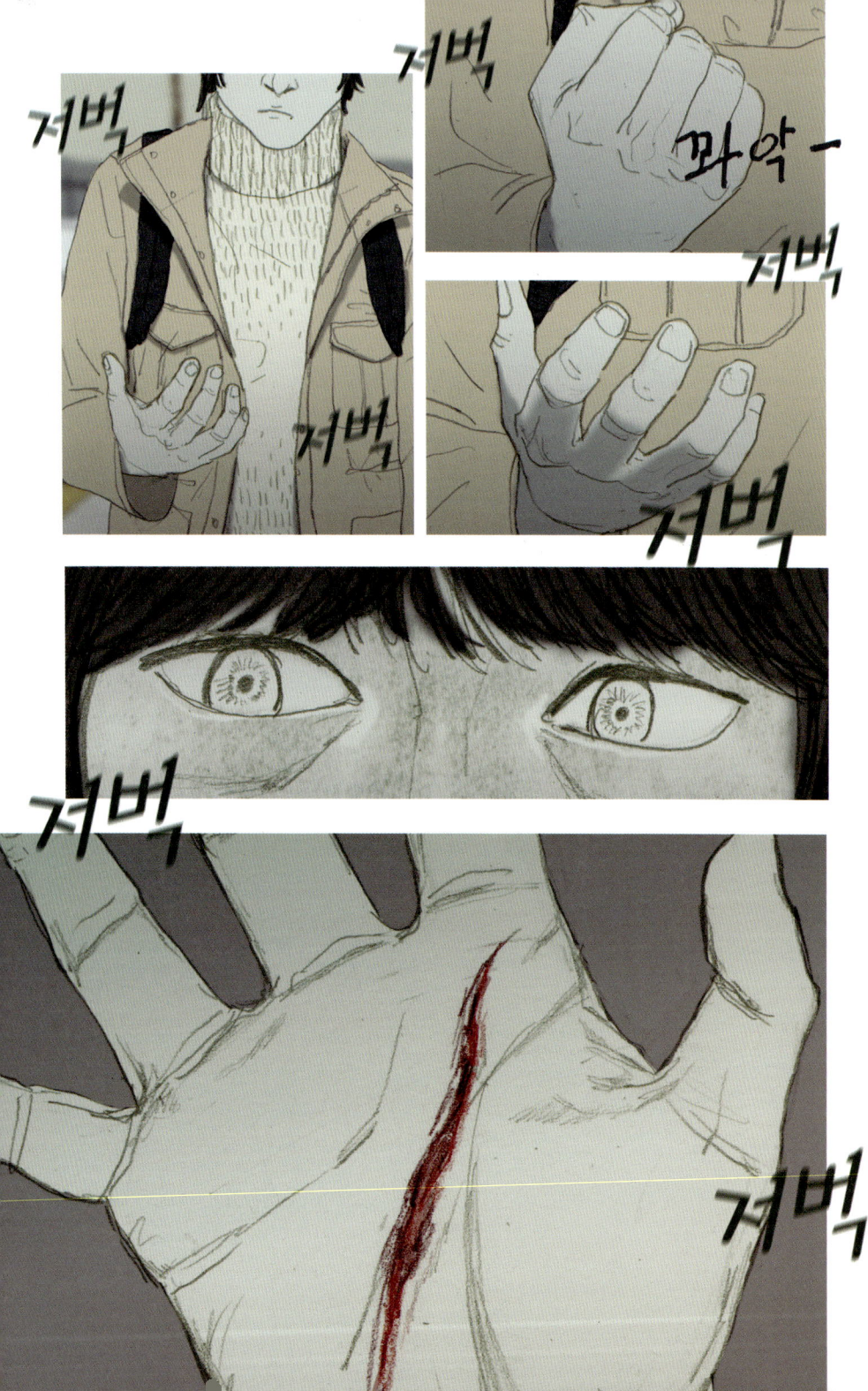

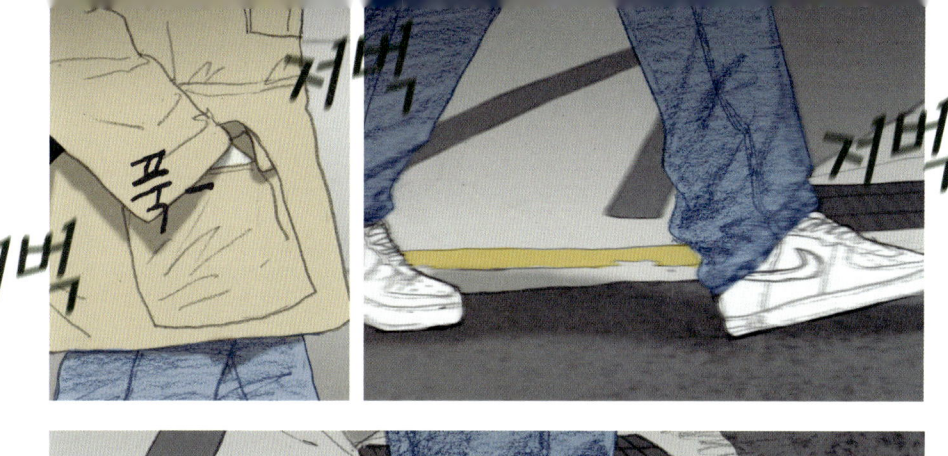

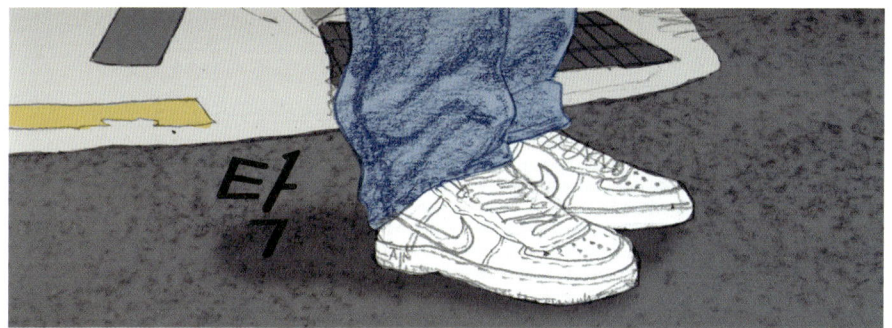

거벅

아, 정말?

주인 아주머니한테는
창문 찾았다고
말씀 드렸어?

거벅

어, 전화했어.

거벅

거벅

거벅

거벅

거벅

4

6개월 전

음

그럼 다음 주부터
나올 수 있다고?

예…

알았어요.
그럼 다음 주부터
하기로 하고,

아, 저기…

응?

앞으로
수고 좀 해줘요.

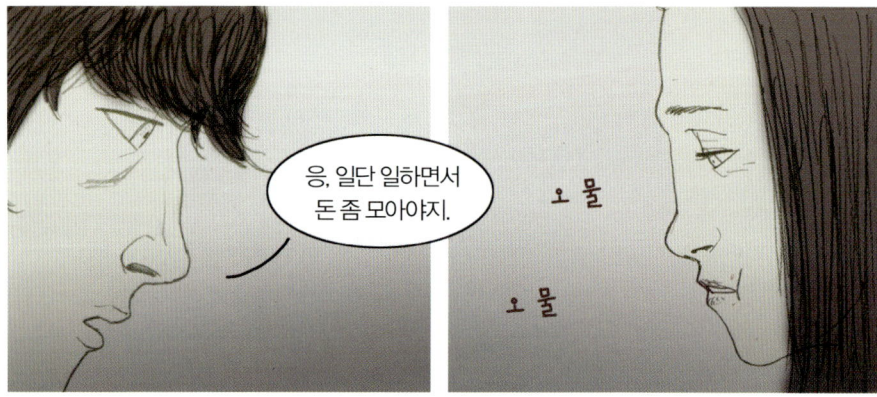

일은 이제 많이
적응 되셨어요?

예, 뭐 이제 한 달이
다 돼가니까…

아이,
말 놓으시라니깐요.
저보다 형이신데.

예.

아, 형.
그런데 저 내일요.

일이 있어서 그런데
혹시 시간 되시면,

두 시간만 좀
빼주실 수 있어요?

예? 두 시간이나요?

사실 내일 여자친구랑
100일인데,

저녁 10시에 가야 된다
그러면 좀 서운해 할 것
같아서…

아, 그 동갑이라던…

예, 대신 제가 다음에 형 바쁘실 때 빼드릴께요.

예, 알겠어요. 뭐 100일인데 어쩔 수 없죠.

아이, 말 놓으시라니깐요.

어… 알…겠어.

형 저 여자가
저 근무하는 밤 타임에
자주 오는데, 진짜
존나 이뻐요.

형 보면
깜짝 놀랄걸?

야 넌 뭐 이런 걸
훔쳐보냐? 여자친구도
있는 놈이.

왜요.
뭐가 어때서.

어! 형, 전 내려
갈게요. 사장님이
뭐라 하겠다.

형은 바로
퇴근하실거죠?

탁

탁

어, 수고해~.

예, 내일 봐요.

탁

탁 탁

치익~

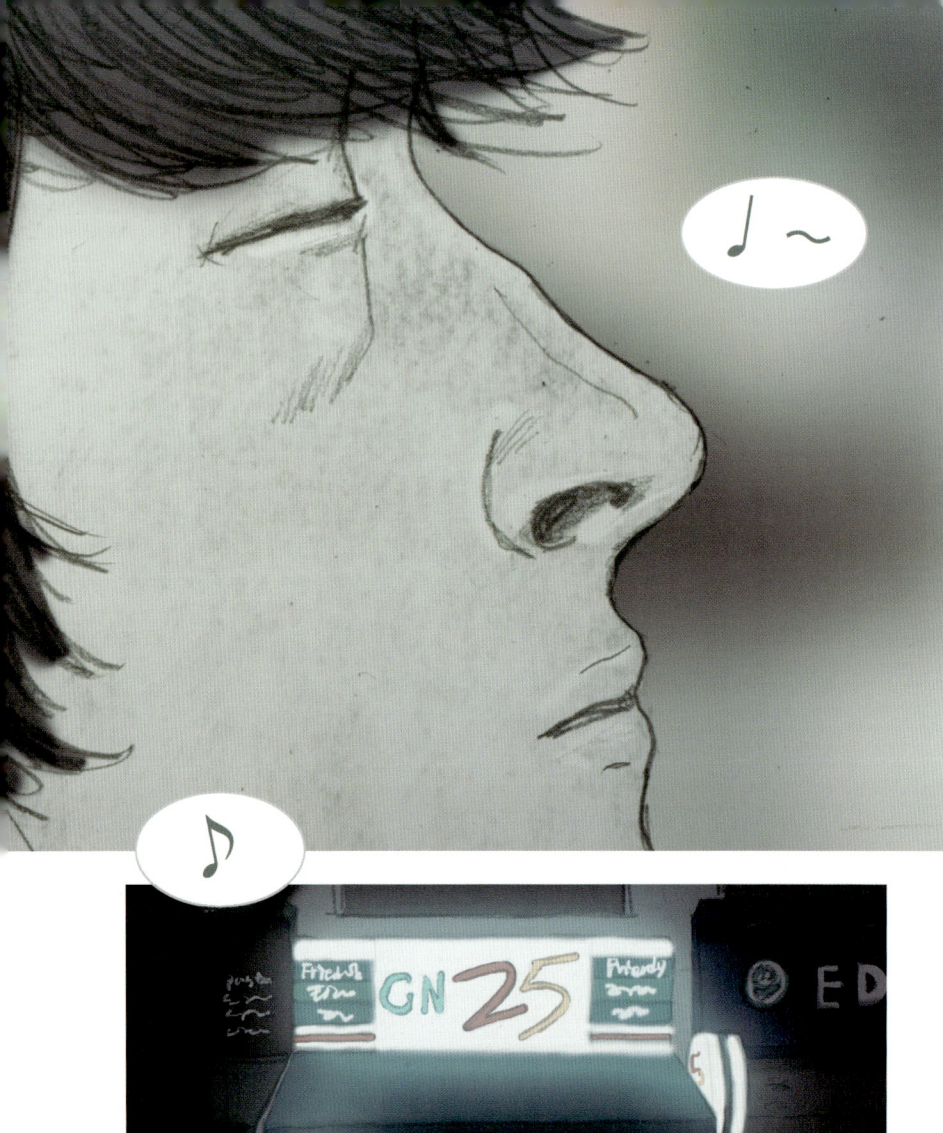

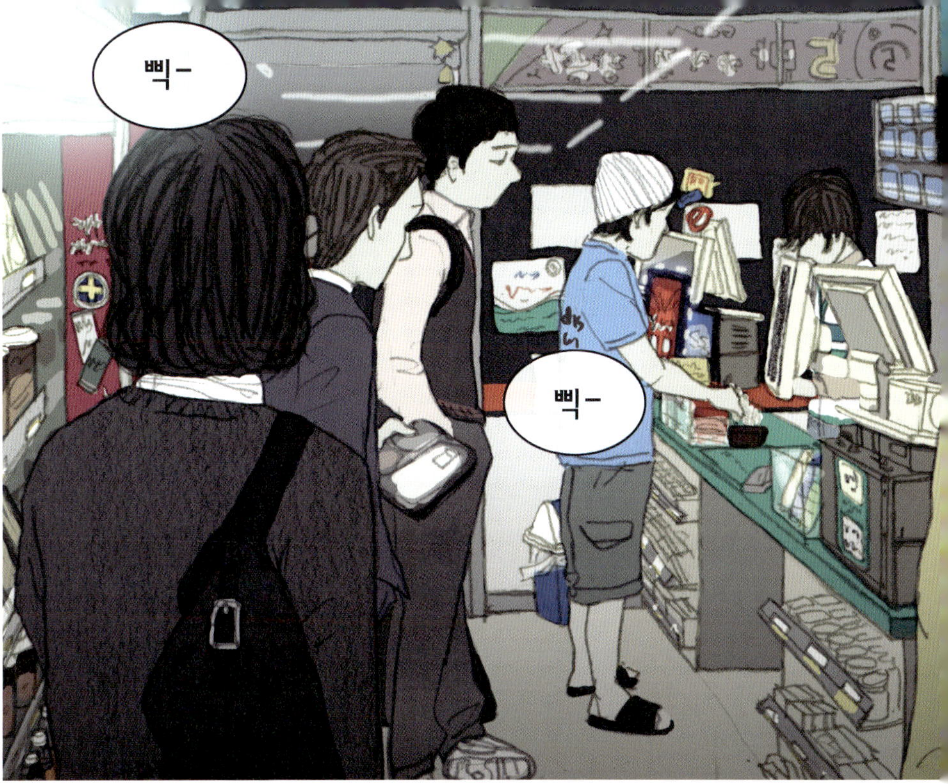
삑-
삑-

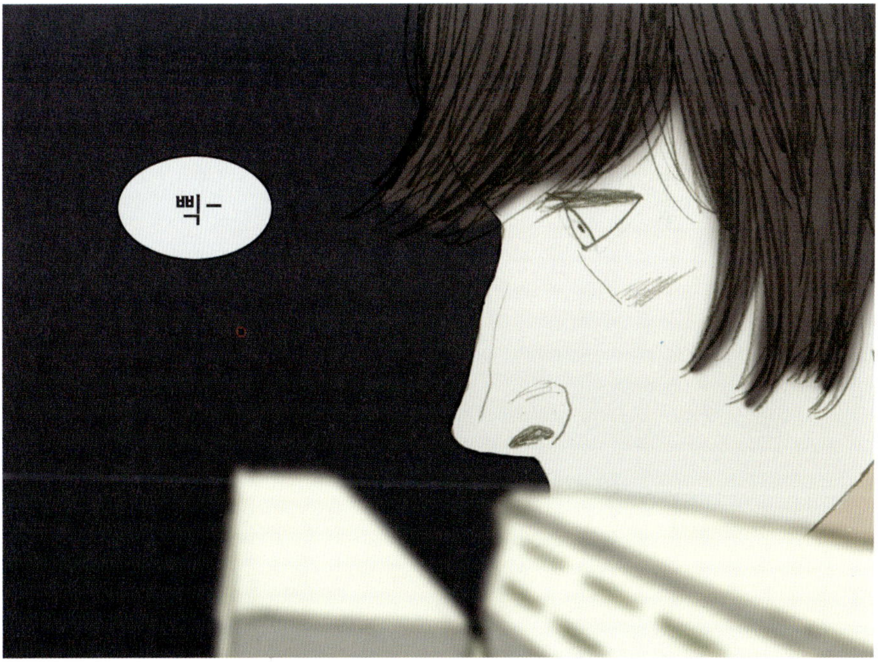
삑-

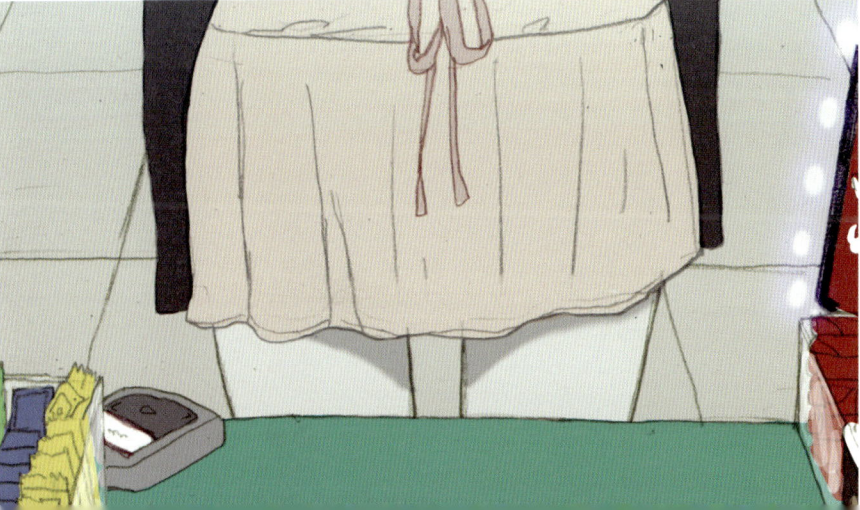

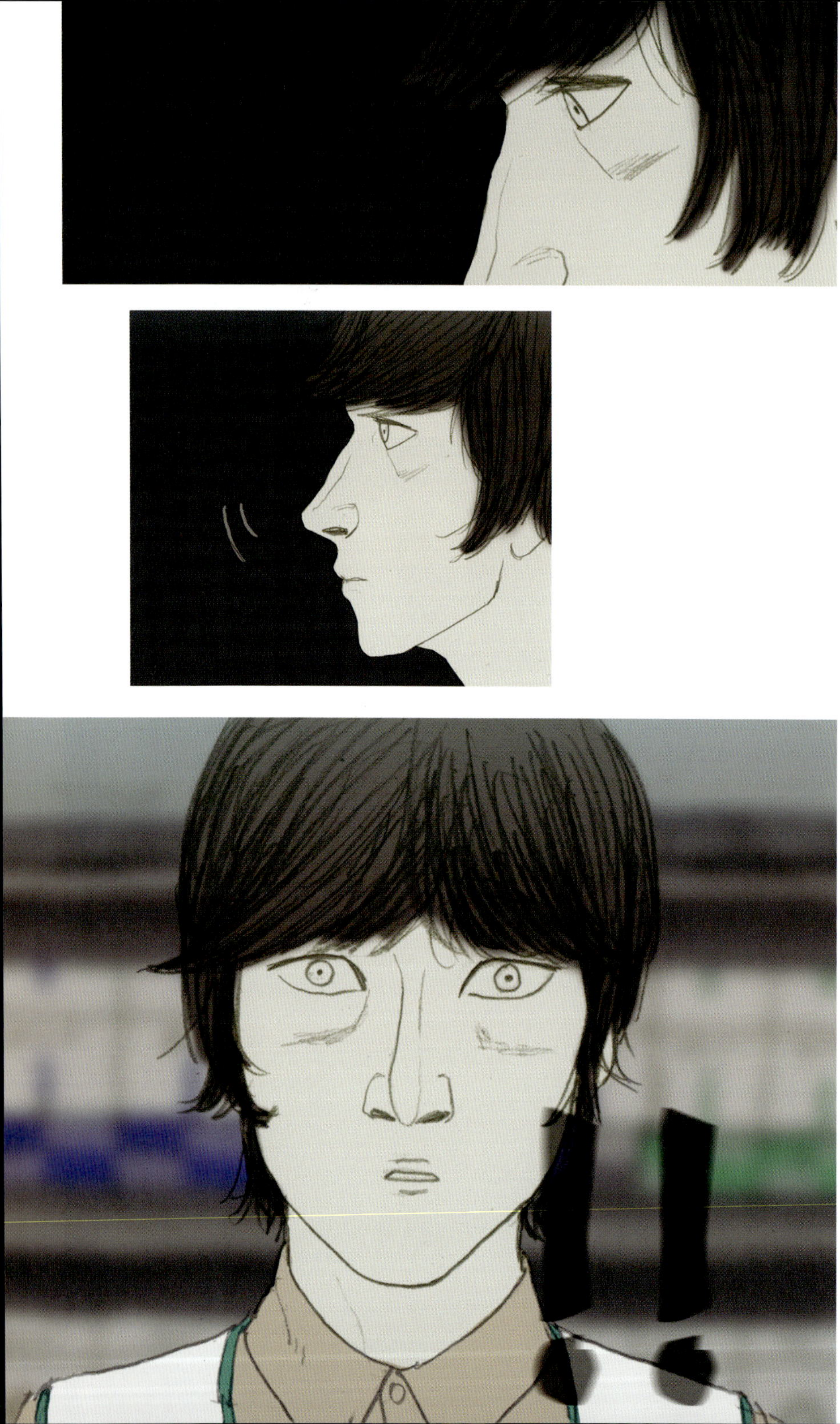

저기요.

예… 예?

다 적었어요.

아, 예.

터벅

터벅

RAIZ

쩌익~

보통 소포 도착하는데 얼마나 걸려요?

예!?

아, 한… 3~4일 걸릴 거에요.

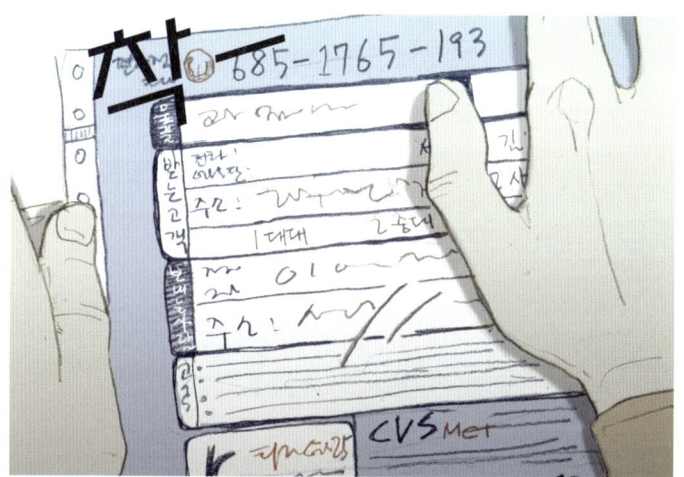

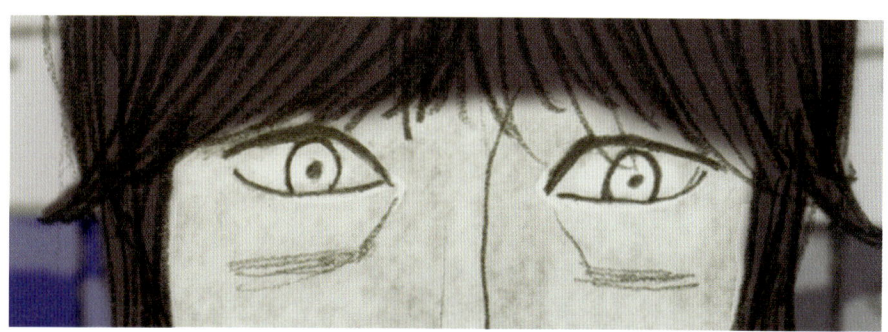

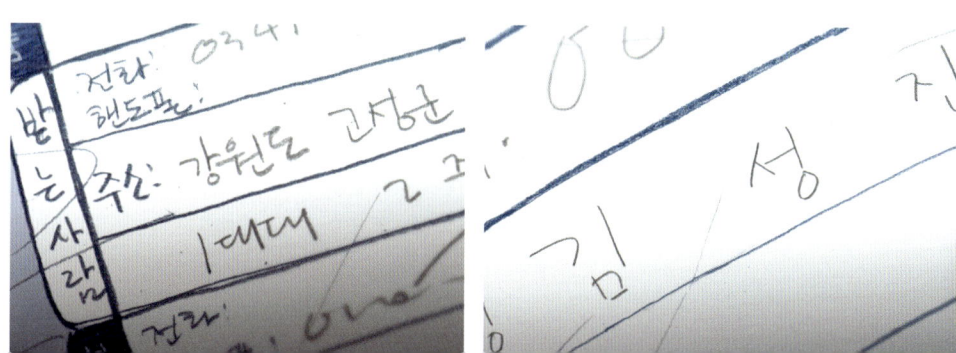

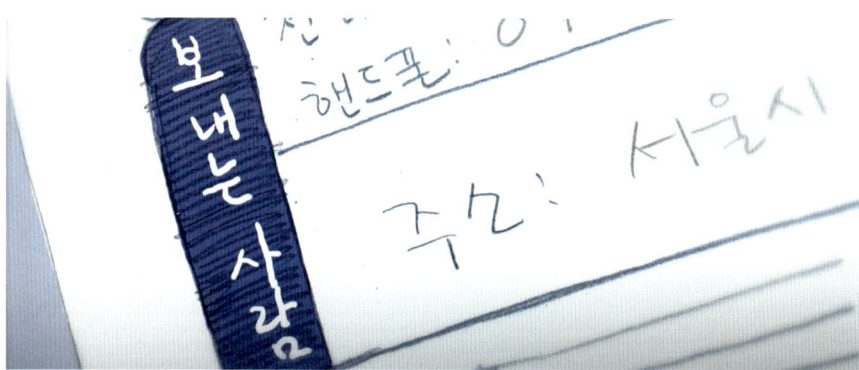

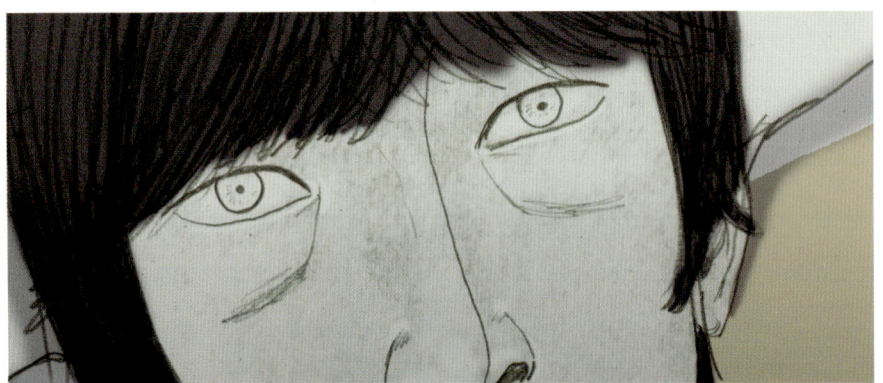

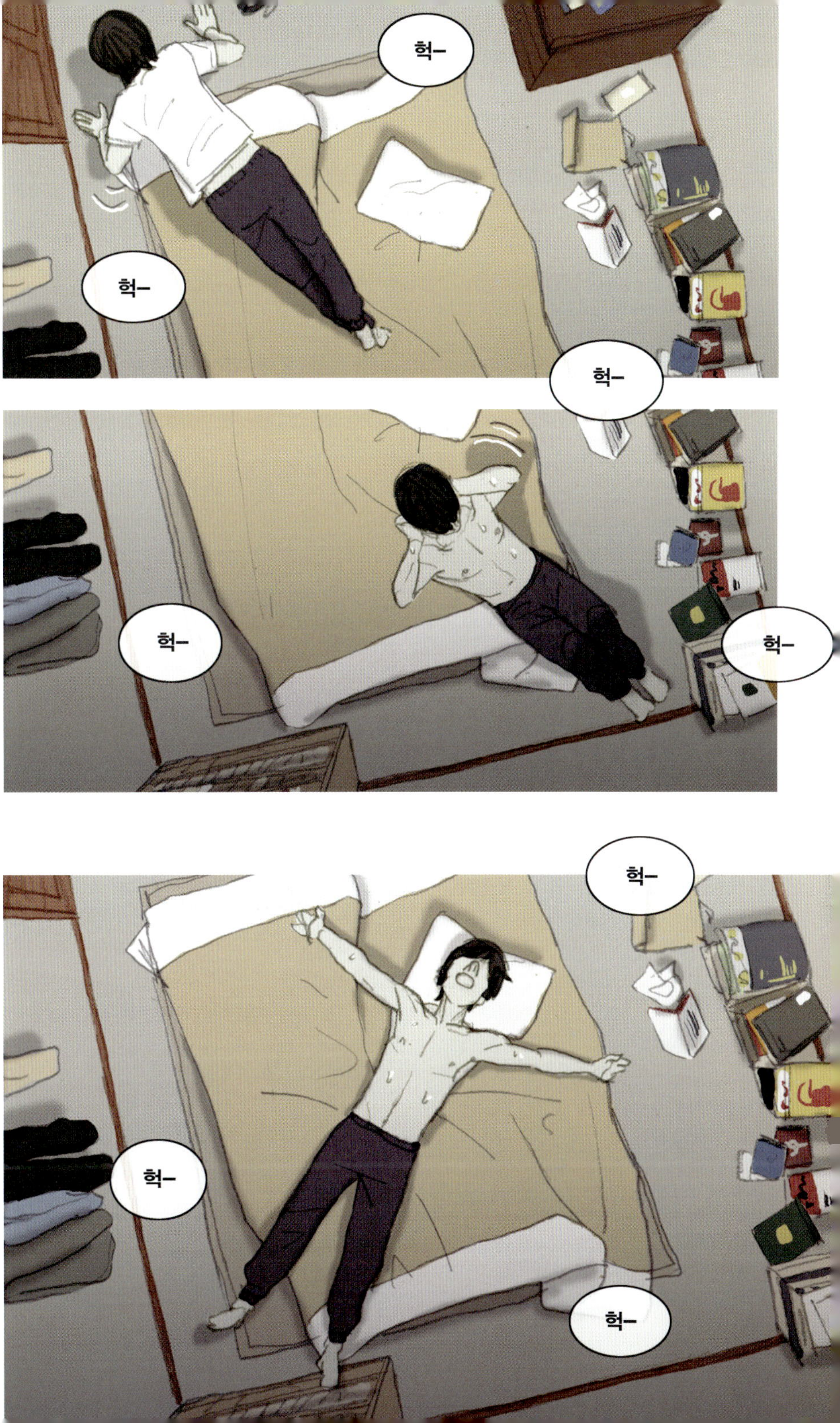
헉-
헉-
헉-
헉-
헉-
헉-
헉-
헉-

안가요?

아, 아니. 밖에 많이 추워 보이는데 커피나 한 잔 마시고 가야겠다.

…

그러세요.

터벅

터벅

터벅

터벅

여자친구랑은
아직 잘 사귀어?

예, 방금도
만나다 왔어요.

아 참.

그때 100일날
형이 빼줘서
잘 놀았어요.

탁

터벅

터벅

터벅

터벅

터벅

터벅

부웅-

터벅
터벅

...

야, 편의점에서 뭐 이렇게 좋은 음악이 나오냐?

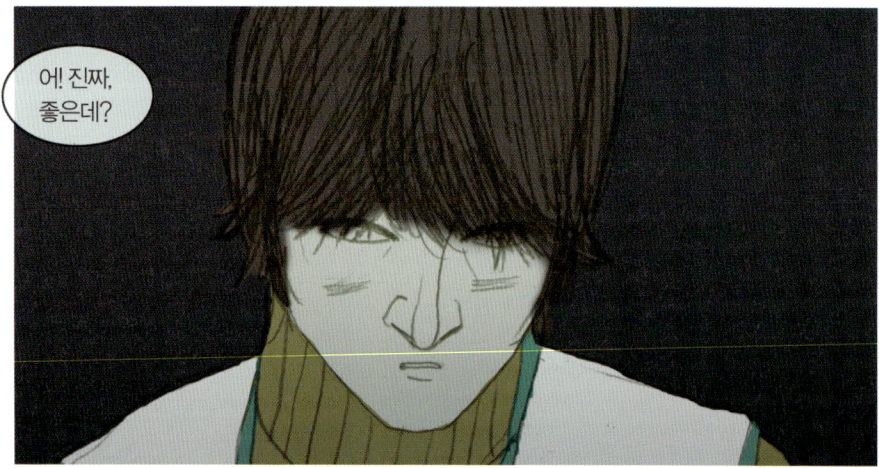

어! 진짜, 좋은데?

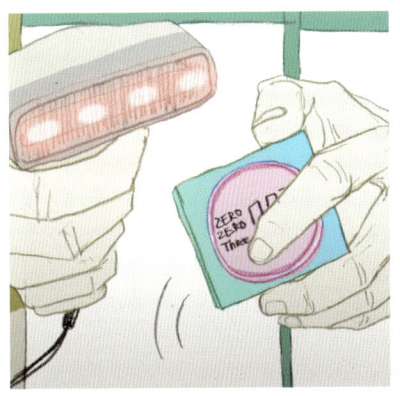

빅—

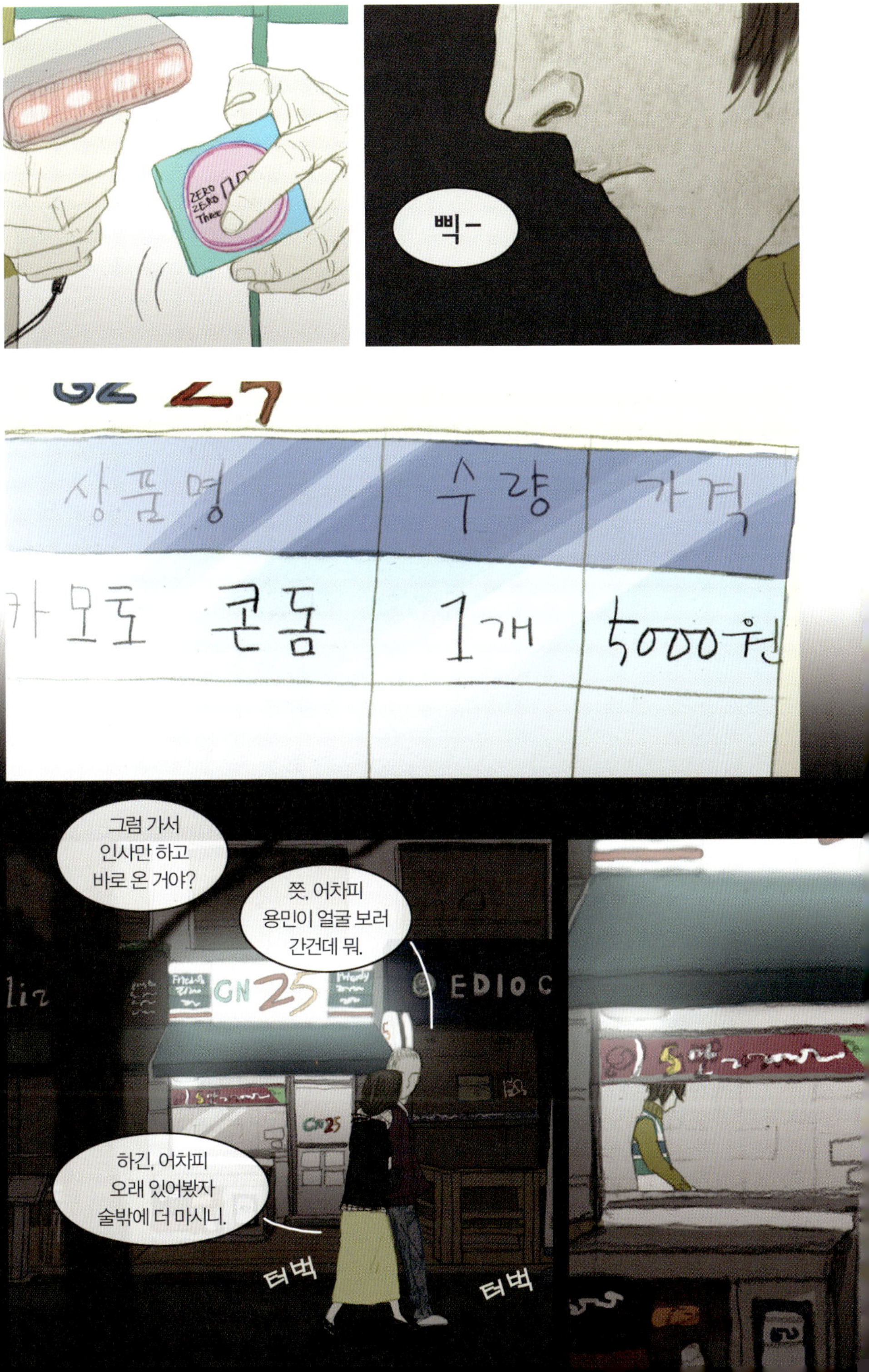

상품명	수량	가격
카모토 콘돔	1개	5000원

그럼 가서 인사만 하고 바로 온 거야?

쯧, 어차피 용민이 얼굴 보러 간건데 뭐.

하긴, 어차피 오래 있어봤자 술밖에 더 마시니.

GN 25

EDIOC

터벅

터벅

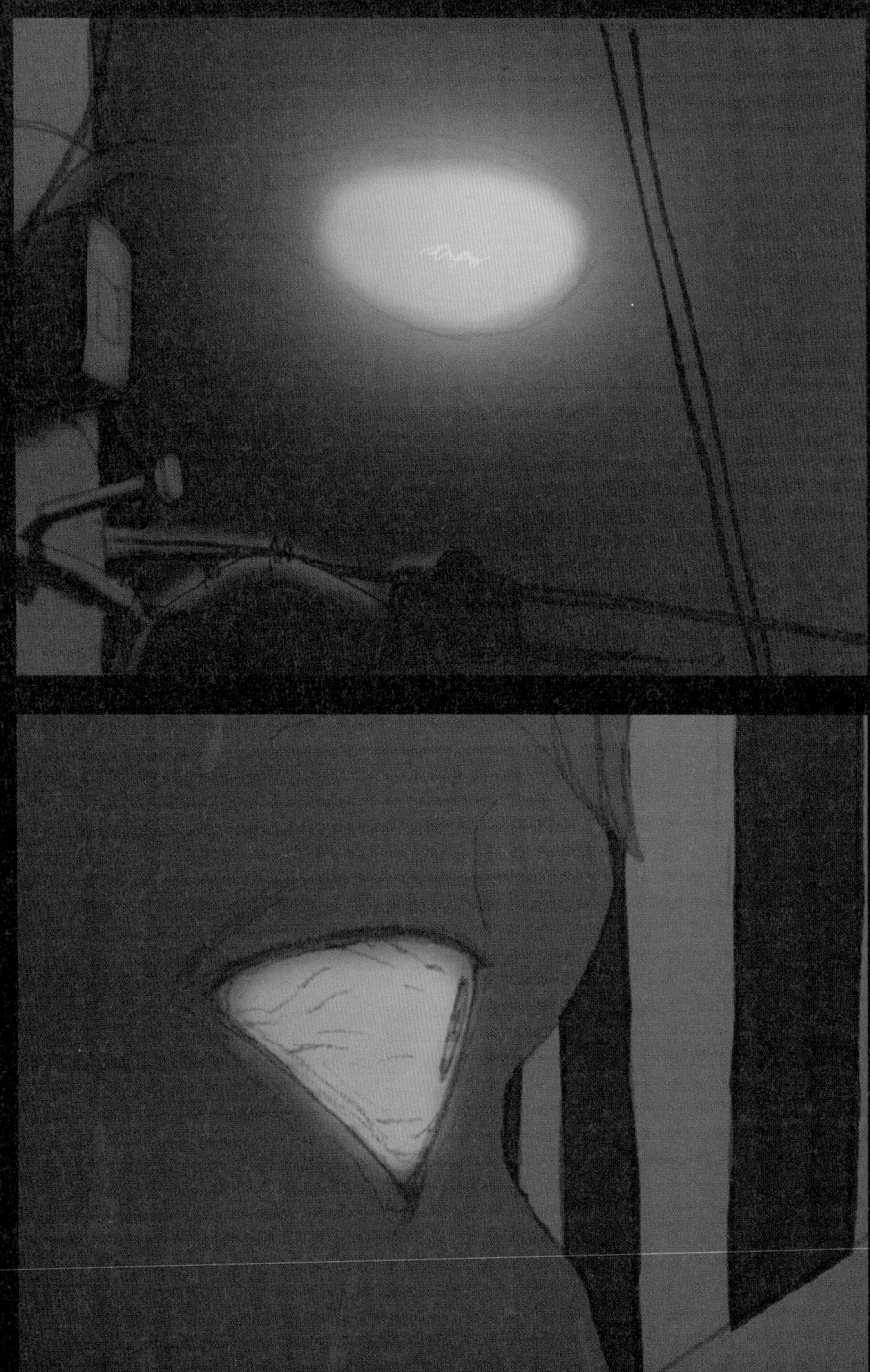

5.

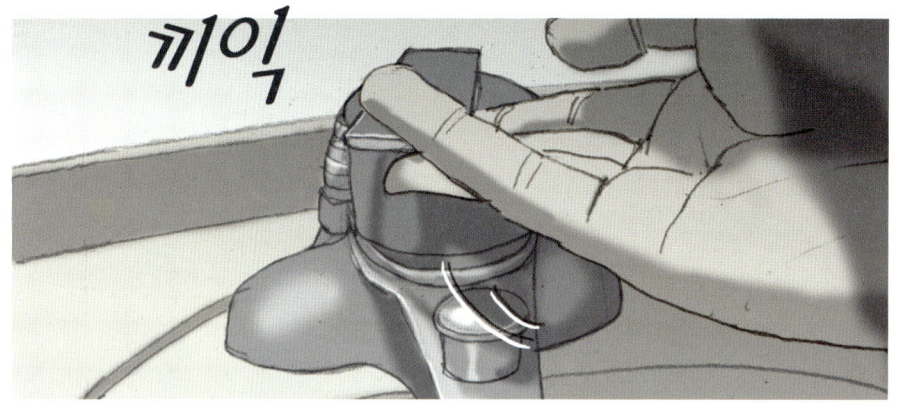

끼익

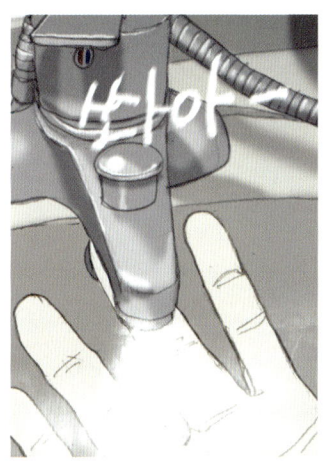

쏴아~

앗, 뜨거!!!

뜨거운 물이 아주
콸콸 나와요.

어우, 너무
잘 나오네.

도배랑 장판은 다 새로 했나봐요?

탁

여기가… 2000에 40 이라구요?

예.

혼자 살기 딱이죠?

이 정도면 혼자 살기엔 넓지 뭐.

아뇨, 혼자 살 게 아니라 친구랑 같이 살 거라서….

예? 같이요?

아니, 확실한 건 아니구요.

뭐, 둘이 살기도 나쁘진 않죠.

덜

컹

뚜벅

뚜벅

뚜벅

뚜벅

…

근데 빨리 결정하셔야
될 거예요.

어제도 두 팀이
보고 갔기 때문에.

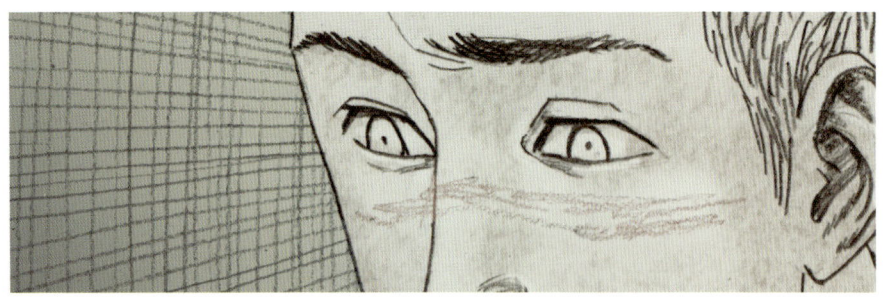

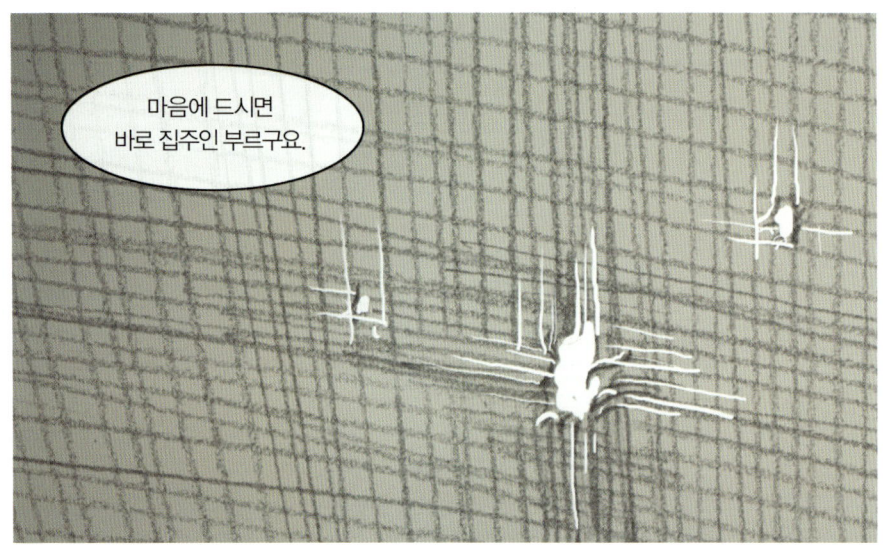

마음에 드시면
바로 집주인 부르구요.

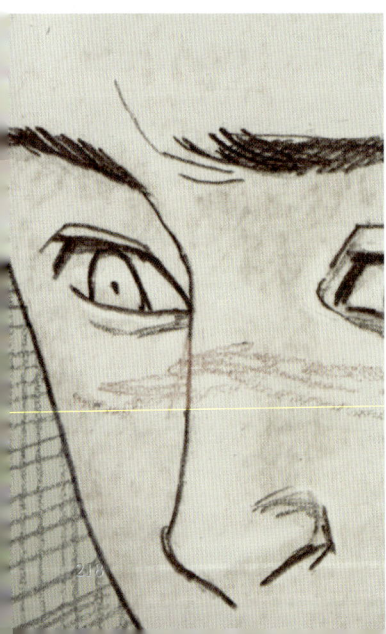

어떻게
하시겠어요?

창문을 옥상에서 찾은 거야?

예, 옥탑방 벽에 기대어져 있었어요.

어, 저 총각 왔네.

안녕하세요.

예, 그래요.

아줌마, 혹시… 저 옥탑방 사시는 아주머니 아세요?

응? 알지 그럼, 왜?

아, 혹시나 해서….

…

아이, 그이는 아니야.

여기 산지 1년 조금 넘었는데,

여자 혼자 산다구.

그리고. 몸이 많이 안 좋은거 같아.

아, 그래요?

여튼 창문은 찾았으니 다행이네. 새로 안 해도 되고.

털썩

오늘 집 본 건 어땠어?

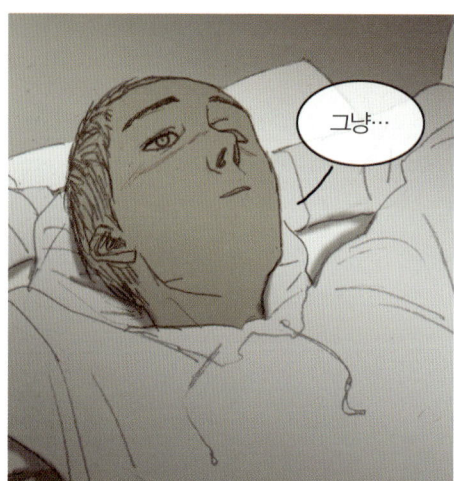

그냥…

se2405

별로야?

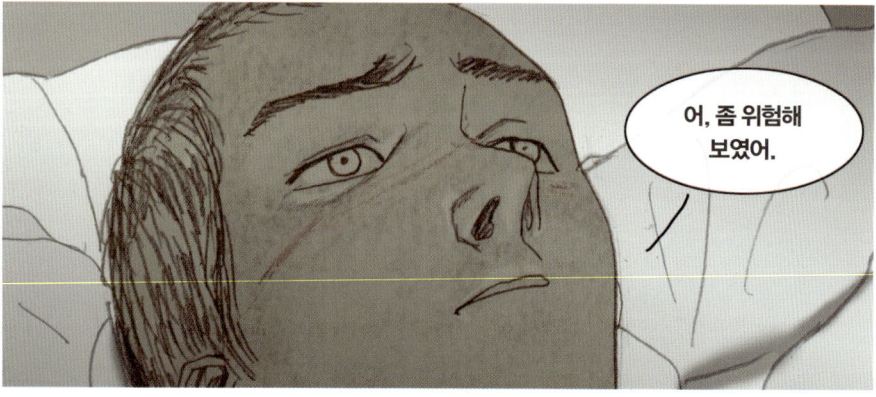

어, 좀 위험해
보였어.

어차피 남자 혼자 살 건데
괜찮지 않아?

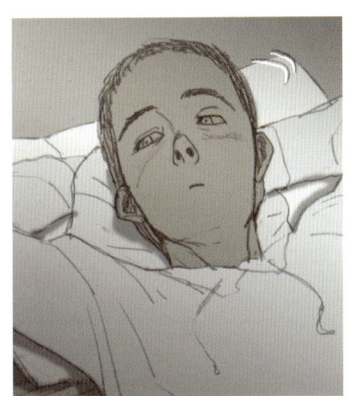

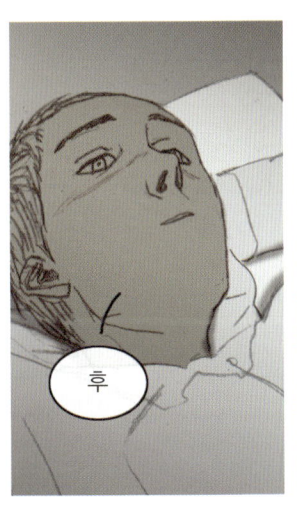

너는
이사 안 가?

하, 이사?

엄마가
이사 안 시켜줄 걸.
여기만큼 싼데
구하기도 힘들어.

더구나 지금
개강 시즌이라
방도 잘 없을텐데.

오물

오물

야, 그래도
여기 어떻게
계속 살아?

그럼 어떡해.

너 엄마한테
얘기는 했어?

이사?

아니, 세상에 그런게 어디 있습니까~.

하하하~ 왜요 제가 한 말이 틀렸나요?

딸깍

딸깍

딸깍

뭐?

하하하, 아이구

231

2권에서 계속…

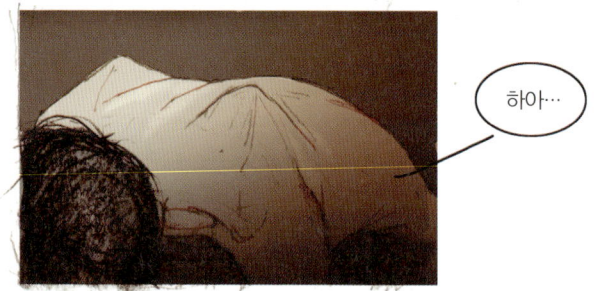

휴, 됐어. 잘 안되면 그만하자.
너 힘들잖아.

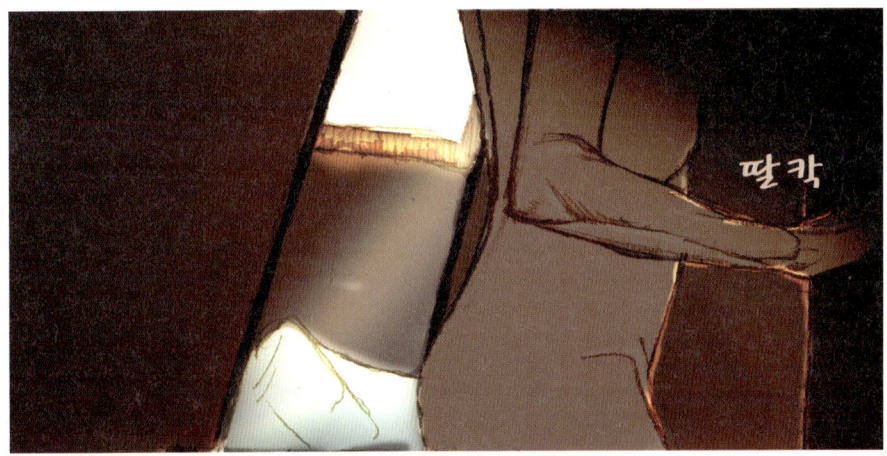

딸칵

당신은 운명을 믿나요_____?

안 그래도 오늘 빨려고.

세탁기 사야 되겠다.
여름 되니까 불편하네.

♪~

스 윽

♪~

file play view option

ㅠㅠKHz
192KB CD═   03:36

딸깍

딸깍

배고프지 않아?

뭐라도 좀 먹을래?

247

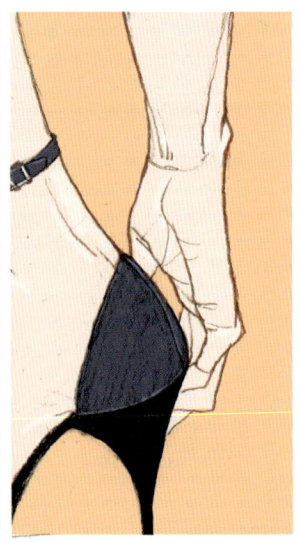

또각 또각

휴우…

탁
탁

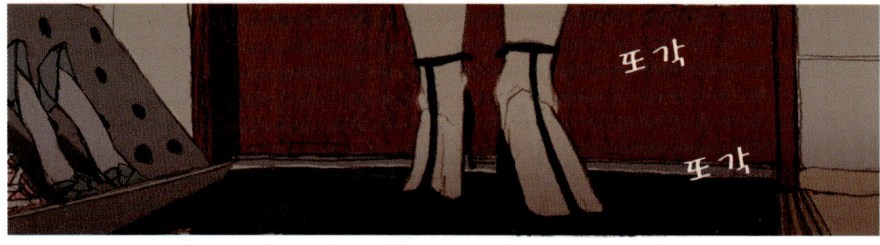

FOLKS ROAMED THE EARTH LIKE BIG ROLLING KEGS~
(사람들이 나무통처럼 지구를 굴러다니며)

THEY HAD TWO SETS OF ARMS~
(두 쌍의 팔과)

THEY HAD TWO SETS OF LEGS~
(두 쌍의 다리와)

THEY HAD TWO FACES PEERING OUT OF ONE GIANT HEAD~
(큰 머리 양 쪽에 두개의 얼굴을 가지고 있었어.)

SO THEY COULD WATCH ALL AROUND THEM~
(양쪽 세상도 다 볼 수 있었지)

IT WAS BEFORE THE
THE ORIGIN OF LOVE~
(그것은 바로 **사랑의 기원**을 몰랐을 때)

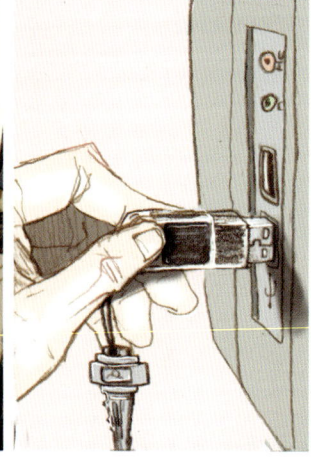

깜빡
깜빡

Memodrive (F:)

AEP

Final Abode 521k

p000
Adobe
Ps

NOW THE GOD QUITE SCARED~
(신들은 두려워 하기 시작했지.)
OF OUR STRENGH AND DEFIANCE~
(우리의 힘과 반항을)

BUT ZEUS SAID,~
(그때 제우스가 말했지.)

NO, YOU BETTER LET ME USE
MY LIGHTENING LIKE SCISSOR~
(내 번개 가위로 혼내주리)

왜 이러지…

아…

AND THEN FIRE SHOT DOWN FROM THE SKY IN BOLT~
(천둥번개가 하늘에서 내리쳤지)

AND IT RIPPED RIGHT THROUGH THE FRESH~
(육체의 한가운데를 갈라버렸어)

LAST TIME I SAW YOU~
(마지막으로 당신을 보았을 땐)
WE JUST SPLIT IN TWO~
(우리는 막 반으로 갈라져)

YOU HAD A WAY SO FAMILIAR~
(너무나 낯익은 얼굴이었지만)
I COULD NOT RECOGNIZE~
(나는 알아 볼 수가 없었어)

HOW WE BECAME LONELY TWO-LEGGED CREATURE~
(이것이 우리가 어떻게 외로운 두발 동물이 되었는지)

IT'S THE STORY
THE ORIGIN OF LOVE~
(사랑의 기원에 관한 이야기)

영혼의, 반쪽.

운명적인 상대라면.

서로를. 완벽하게 이해 할 수 있겠지?

세상에 정말 그런것이 존재할까 ?

아니. 만약 존재 한다 해도.

그가 내 앞에 나타났을때
난, 어떻게 알아봐야 되지 ?

으, 이 놈의 침대시트.

웡-

휴우

우습죠?

너무 힘들어서 안되겠다
싶었어요. 침대에만 누우면
냄새가 너무 괴롭게 해서.

아까 말한 그 헤어진 사람의?

네, 그래서 도저히
안 되겠다고 생각했죠.

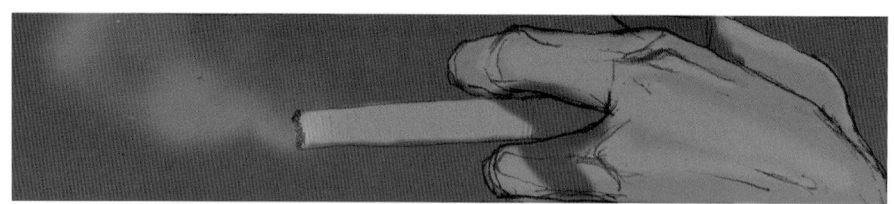

섹시해요. 담배 피우는 거.

당신도 섹시해요.

담배 피우는거?

신기하네요.

뭐가요?

그냥… 여러가지로.

치—

여자친구랑은 얼마나
사귀었어요?

한 3년 정도…?

오래 사귀었죠. 서로에 대해
모르는게 없을 정도로.

나쁜 사람이네 이거.

그렇죠? 역시 아무리
생각해도 그런거 같애.

하긴, 3년 정도 만났으면
질리겠다. 서로.

당신도 그래서
헤어졌어요?

꼭 그런건 아니지만.

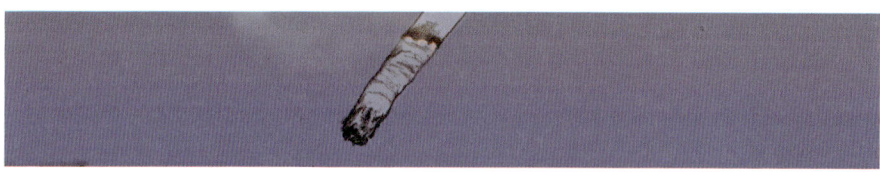

있잖아요,

헤드윅… 이란 영화에
이런 노래가 나오잖아요.

origin of love라고.

아니 그럼,
당신 가방에 들어있던…

아, 저거 친구거예요.

몇 일 전에 집에 왔다가 놓고 간건데,
돌려 준다는 걸 계속 깜빡해서.

저게 헤드윅이에요?

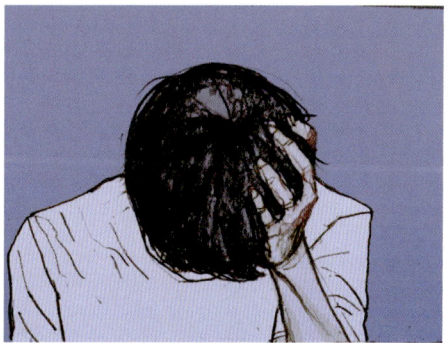

치이익~

아까랑 다른 담배네요.

원래 이거 피워요.
가끔 말보로도 피고.

하…

하하

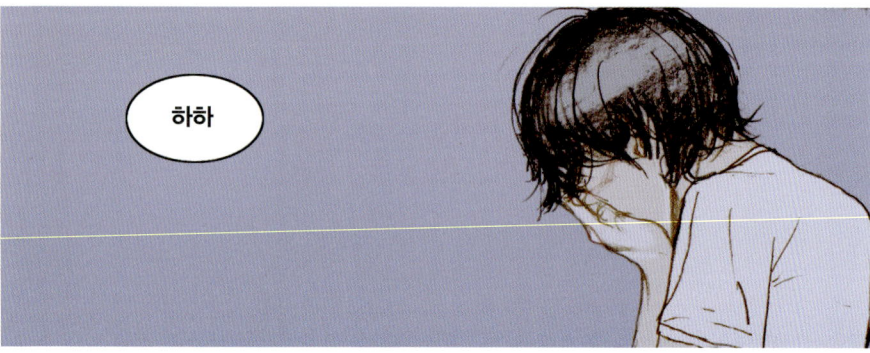

헷갈리게 하지 말아요.
갑자기 왜 그래요….

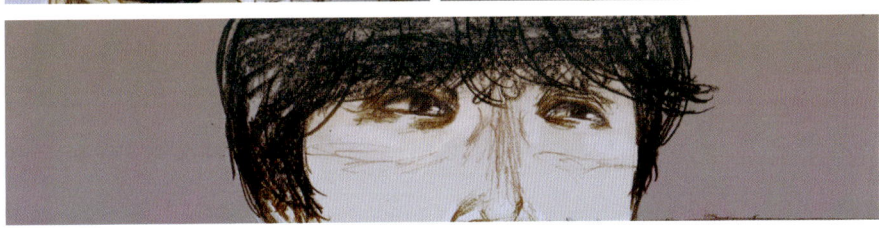

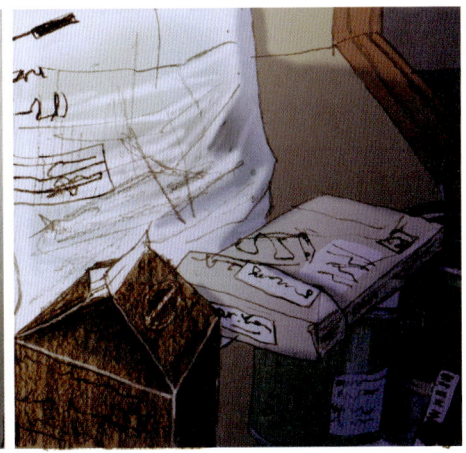

500원 짜리 동전 두개

말보로 라이트

헤드윅 CD

밀란쿤데라의 책

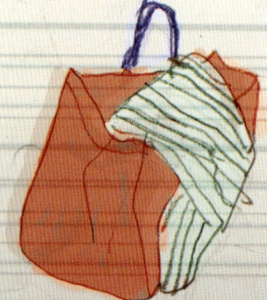

= ?????

침대시트를 세탁하러 온 두 사람

당신은 운명을 믿나요＿＿＿＿？

2008년 군대를 전역하고 그린 이 작품으로 운이 좋게도 나는 '대한민국 창작만화 공모전'에서 대상을 수상하게 되었다.

사실 나는 군대에 있는 2년 동안 많은 생각의 변화를 겪었다. 그것은 군복무를 하며 난생처음 겪은 지독한 외로움 때문이기도 했고 또한 내 노력과는 아무런 상관없이 돌아가는, 마치 거대한 유기체로 느껴질 정도로 폭력적인 힘을 가진 조직 앞에서 겪은 무력감 때문이기도 했다. 하지만 가장 큰 이유는 그러한 상황을 견디지 못해 읽기 시작한 책들 때문이었다.(만약 내가 성격이 좋거나 사회생활에 능숙하게 적응하는 법을 알았다면 다른 방법을 찾았을 수도 있겠지만, 안타깝게도 내 성격은 그렇지 못했다.) 유식한 척하기 딱 좋아 보이는 어려운 제목의 그 책들은 사실 당시 나로서는 이해하기도 벅찬 것이 대부분이었고, 어쩌면 나중에 잘난체 하기 위해 읽었던 것일 수도 있었다. 하지만, 늦은 밤 선임과 근무를 마치고 자기 전에 읽는 몇 페이지, 혹은 하루 종일 정신없이 일을 하다가 잠시 짬을 내 몰래 읽었던 한 페이지 한 페이지들은 그 당시 나에겐 소중하게 느껴졌으며, 많은 생각을 하게 한 것도 사실이었다.

의도한 것은 아니었지만 우연히도 그때 읽었던 대부분의 책들은 '원인과 결과의 비합리성'에 관한 이야기들이었다.(밀란 쿤데라의 『참을 수 없는 존재의 가벼움』, 알랭드 보통의 대부분의 책, 재레드 다이아몬드의 『총,균,쇠』가 특히 그랬다.) 그 책들은 내 생각은 물론 나라는 사람도 변화시켰다.

사실 나는 내가 만화를 그릴 수 있을 거라는 생각은 해본 적이 없었다. 물론 그림 그리는 것을 좋아해서 미술학원을 다니기도 하고 또 관련 학과로 진학 하긴 했지만, 단순히 그림을 그리는 것과 만화를 그리는 것은 너무나 큰 차이가 있었다. 그것은 재미있는 이야기를 만들 만한 능력이 내게는 없다는 비관이기도 했고, 또한 실질적으로 엄청난 노동력이 들어가는 작업을 아무런 현실적인 보상 없이(만화가는 돈 벌기 어렵다는 인식이 있었으니) 해낼 수 있을

만큼 내가 만화를 좋아하지 않는다는 세속적인 생각에서 나온 것이기도 했다.

그러던 중 나는 군입대 전에 친구들과 작업을 했던 나의 짧은 단편 만화가 프랑스의 앙굴렘 국제 만화 전시회에 초청 전시 되었다는 소식을 듣게 되었다. 사실 아무 기대도 하지 않고 작업했던 것이기에 굉장히 놀랐다. 10페이지 남짓한 그 만화는 스토리랄 것도 없이 그냥 나의 솔직한 감정을 만화로 풀어낸 것이었기에 누군가의 공감을 받았다는 사실 자체가 큰 위안이 되어 주었다. (군복무 중에 그 얘기를 들어서 더 그랬는지도 모르겠다.) 여튼, 그 일로 나는 솔직한 마음으로 만화를 한번 더 그려보자, 라고 생각하게 되었다.

그렇게 군복무 중이던 2007년 가을에 그 동안 책을 읽으면서 했던 생각들과 고민들을 바탕으로 '이해 받지 못한 이야기들'이라는 제목의 짧은 시나리오를 썼다. 그리고 몇 개월 뒤 전역을 해서 학교를 다니며, 시나리오에 『x개의 우연』이라는 정식 제목을 달고 만화로 그리기 시작했다. 46p 짜리의 단편 작업의 동기치고는 지나치게 거창하지만 여튼 그렇게 시작된 단편이었다. 공모전 대상 수상 후에 가진 인터뷰에서 기자분은, 학교를 다니며 6개월동안 묵묵히 작업했다며 일종의 '어려운 환경에도 열정을 가지고 작업한 멋진 젊은이' 류의 닭살 돋는 이미지를 덧씌워주려 하셨지만, 실은 작업하면서는 굉장히 즐거웠다. 딱히 마감이 있는 것도 아니고 학교를 다니면서 작업했다지만, 사실 학교 생활에 그렇게 열성적인 것도 아니어서 그다지 힘들진 않았다. 그저 수업을 마치고 남는 시간에 혼자서 조용히 만화를 그리는 것이 굉장히 즐겁기만 했다. 철저히 '나'를 위해 그리는 만화라는 생각으로 작업해서 그랬던 것 같다. 그 후 운좋게도 이 작품이 공모전에서 대상을 수상한 것이다.

군이 '운좋게도'라고 표현한 것은 겸손이 아니라 실제로 운이 좋았기 때문이다. (사실 심사위원의 만장 일치를 끌어낼 정도로 정말 압도적인 완성도가 아니라면 공모전은 결국 반쯤 운에 의해 결과가 정해 질 수 밖에 없는데,「X개의 우연」이 그 정도로 뛰어난 만화가 아니라는 것은 누구보다 내가 잘 알고 있다. 실제로 그 이전에 출품한 다른 대형 공모전에선 본선 진출도 못하고 떨어졌다.) 그리고 다른 사람이 보기엔 일견 삐뚤어졌다고 느낄만한 생각을 당사자인 내가 하는 것은 군복무 시절 읽었던 책들에 영향 받은 내 가치관 때문이기도 하다. ('원인과 결과의 비합리성'에 대한 믿음)

여튼 공모전 수상으로 나는 많은 변화를 겪게 되었다. 그 변화는 만화가로서의 커리어에 대한 것이라기 보다는 개인적인 부분에서였다. (실제로 공모전 수상이 상업지면으로의 데뷔라던가 만화가를 계속 해 나가는 데에 현실적인 도움은 전혀 되지 못했다. 물론 상금은 엄청 중요하긴 했다.)

공모전 수상 후에 나는 여러 사람과 불편한 사이가 됐다. 그 당시로서는 평범한 나에게 전혀 평범하지 않은 일이 일어난 셈이었으니 주변의 그러한 반응도 이해가 안 가는 것은 아니다. 누군가는 내가 수상한 사실 자체를 못마땅하게 생각했으며, 또 다른 누군가는 상을 타고도 별로 기뻐하지 않는 (운이 좋아서 탔다고 이야기하는) 나의 모습을 못마땅하게 생각했다. 그런 주변사람의 반응이 딱히 속상했다거나 서운했다는 이야기를 하려는 것이 아니다. 운이 좋아서 탔다는 것이 당시 나의 진심이었으니 별 수 없는 것 아닌가? 다만 내가 이런 이야기를 하는 것은「X개의 우연」은 그렇게 작품을 시작함에 있어서, 그리고 완성 후에 수상을 함에 있어서, 또 그후에 겪은 많은 일에 있어서 나에게 많은 의미를 가지고 있다는 것을 이야기 하고 싶었을 뿐이다.

그런 맥락에서『증거』를 웹에 연재 할 때에, 블로그에 방문 해 주신 몇몇 분들이「X개의 우연」을 보고 남겨주신 감상평에 유독 고마움을 느꼈다. 같은 이유로『증거』를 출판 하면서도 출판사 분들에게「X개의 우연」을 함께 실어 달라고 부탁을 드렸다. 작가의 의견을 존중해 주신 출판사 분들께 많은 감사의 마음을 느낀다.

짧은 단편에 대한 이야기 치고는 조금 거창한 면이 있긴 하지만,「X개의 우연」은 출발부터 개인적이었던 탓에 나 자신에 관한 이야기와 떼어 놓고는 설명하기 힘든 측면이 있다. 후에『증거』를 그리는데 있어서도 많은 영향을 미쳤기 때문에 모쪼록 후기를 겸하는 작품의 이야기라고 보아 주신다면 감사하겠다.

「X개의 우연」에 관하여

1

1판 1쇄 찍음 2011년 9월 23일
1판 1쇄 펴냄 2011년 9월 30일

지은이 이승찬
펴낸이 박상준
펴낸곳 세미콜론

출판등록 1997. 3. 24 (제16-1444호)
135-887 서울시 강남구 신사동 506 강남출판문화센터
대표전화 02-515-2000   팩시밀리 02-515-2007
편집부   02-517-4263   팩시밀리 02-514-2329

세미콜론은 이미지시대를 열어가는 민음사출판그룹의 브랜드입니다.

www.semicolon.co.kr